だいわ文庫

古書カフェすみれ屋と悩める書店員

里見 蘭

大和書房

古書カフェすみれ屋と悩める書店員

Books & Cafe
【*SUMIREYA*】

目次

古書カフェすみれ屋と悩める書店員

Books & Cafe
【SUMIREYA】

古書カフェすみれ屋と悩める書店員

ほろ酔い姉さんの初恋

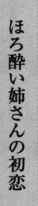

1

「はあ、幸せ」

ナイフで大きなひと口大に切り分けたパテ・ド・カンパーニュを咀嚼した知穂《ちほ》さんは、「幸せ」の語尾から母音をため息のように伸ばし、うっとりとまぶたを閉じた。

黒縁眼鏡のレンズの向こうで、ぱっちりと目を開ける。

「肉体的にマッチョな殿方が『筋肉は裏切らない』とかよくのたまうけど、わたしに言わせれば、落ち込んでるときの肉料理もしかり、なんですよねえ。動物性タンパク質は癒やしだなあ」

パテ・ド・カンパーニュは、塊肉やスライスではなく、豚の各部位をミンチ、あるいは角切りにして調味したうえで練り、型に流し固めた、そもそもは保存食であるが、内臓を含んでいるだけによりいっそう肉料理の奥深さを堪能できるとも言えるメニューだ。

「やっぱりお肉は元気の源ですよね」

カウンターの手前で、すみれはほかのお客様の料理を支度しながらあいづちを打った。

玉川《たまがわ》すみれがオーナーシェフを務める古書カフェすみれ屋は住宅街にある一軒家の個人店で、夜はビストロやバルのような使い方ができるメニューを用意している。常連である五十嵐《いがらし》知穂さんは、カウンター席でひとり、ワインと料理を味わっていた。

薬剤師として薬局に勤めているという知穂さんの服装はカジュアルで、性格を反映してかいつも飾らない印象だ。今日は髪は後ろでまとめて眼鏡をかけ、チュニックにパンツというファッションだった。

落ち込んでるとき、という言葉は気になったものの、ひとりで調理を担当しているすみれはその後しばらく作業に追われ、彼女の会話の相手はできなかった。いくらか落ち着いてきたとき、パテをたいらげた知穂さんは、白との通算で三杯目になる赤ワインを飲みながら、厚切りベーコンと飴色玉葱のタルティーヌにとりかかっている最中だった。

全粒粉とライ麦粉を天然酵母でじっくり発酵させ、香ばしく焼き込んだパン・ド・カンパーニュのスライスを使ったオープンサンドだ。カリカリに焼いた厚切りベーコン、飴色になるまで炒めた玉葱を載せ、削り下ろしたグリュイエールチーズをたっぷり振りかけて業務用のオーヴンでこんがり焼き目をつける。

「すみれさん、これ、新しいメニューですよね。めちゃめちゃ美味《おい》しい！　ベーコンの塩気と玉葱の甘みとチーズのコクが合わさって、ジューシーな脂分が野性味をプラス、そのすべてを穀物感あふれる力強いカンパーニュががっしり受け止めて――なんていうか、ものすごい罪深い味わい。人間でこんな人いたら、絶対わるい男だよなあ」

悩ましげな顔で、皿に目を落としたまま、まるでやんちゃが過ぎた生徒に訓告を垂れる校長先生のような表情で首を横に振る。

ピークを乗り切ったわずかな気のゆるみもあったのか、すみれは思わず噴き出しそうになった。読書好きで表現力豊かな知穂さんは何事によらず擬人化が得意だが、不意をつかれてしまったのである。

かつて会社勤めをしていたすみれが独立開業を思い立ったのはリストラに遭ったのがきっかけだ。飲食店を選んだのは、食べることが好きで、それとおなじくらい料理を作ることが好きだったから。

ひとりでものんびり過ごせるカフェにしようと思ったのは、すみれ自身そういう空間を愛し、かつよく利用していたからだ。とくにこだわったわけではないが、居住部のついた一軒家を物件として取得できたのは、店の雰囲気作りや自分の働き方を考えると幸運だった。すみれ屋はいつしか、すみれにとって、たんに生計を立てるだけの場所ではなくなっていたからだ。

「お気に召されたということで、よろしいですか？」

カウンターごしに笑顔で応じた。

「すっごく。お酒にもばっちり」

力強くうなずいたところで知穂さんは肩を落とし、さっきまでとは異なるたぐいのため息をついた。

すみれがなんと声をかけるべきかためらっているとき、知穂さんがさっと顔を上げた。

「あっ、紙野《かみの》さん！　素晴らしかったです、この間、フェア台から買わせてもらった『辻征夫詩集《つじゆきお》』。詩人って、斜に構えた中二病か、素朴な人だと今度はなんか変にストレートに道徳的っていうかお説教臭かったりしそうっていう勝手な偏見があるんですけど、この人は例外で、まさにわたしの好みにどんぴしゃり、でしたぁ。こっちが恥ずかしくならないロマンティックさって貴重ですよねえ。『昼の月』とか素直に素敵～、って感じますもん。編者の谷川俊太郎《たにかわしゅんたろう》の辻征夫への友情も篤くて最高！」

知穂さんの視線の先に、テーブルから空の食器を下げて戻ってきた紙野君がいた。袖をまくった黒いシャツに細身の黒いパンツ、腰に白いハーフエプロン。長身でやや猫背の気味がある。柔らかそうな前髪が黒い眼鏡にかかっていた。紙野頁《よう》、というのがフルネームだ。三十七歳になったすみれより五つ年下の三十二歳。

古書カフェすみれ屋は、名前のとおりカフェのなかに古書店を併設している。店の奥の五坪のわずかなスペースがそうだ。紙野君は古書店の店長である。かつてすみれが、書店に併設されたカフェでアルバイトをしていたとき、紙野君はその新刊書店で社員として働いていた。

「フェアをした甲斐がありました」

古書スペースには本棚のほかに大きな陳列台があり、紙野君はそこでよく、新刊書店のようにフェアを展開している。「詩」というシンプルそのもののタイトルのフェアはついこの間のものだ。

じつはすみれも、知穂さんが言及した岩波文庫版の『辻征夫詩集』を買っていた。ふだん詩歌集のたぐいを手にする機会は少ないのだが、以前、紙野君からクリスマスに杉崎恒夫《すぎざきつねお》という歌人の『パン屋のパンセ』という歌集をプレゼントされ、最高に心地よく感性を刺激されたという経験があったので、興味を持ったのだ。おすすめはあるかと訊いたら、彼がまず挙げたのがそのタイトルだったのである。

すでに一読しているが、この詩集もすみれの心を力強くけれど軽やかに揺り動かし、みずみずしい感性を蘇らせてくれる素敵な本だった。いくつかの詩はすみれのお気に入りとなった。知穂さんのコメントにはすみれも大いに共感できる。

知穂さんに微笑みかけた紙野君は、カウンターの奥からキッチンへ入り、「お会計お願いします」とすみれに声をかけ、食器を洗いはじめた。古書店のほうの手が空いているときは、すみれを手伝ってくれる約束になっている。

おなじ職場で働いていた頃、ゆくゆくはブックカフェを開業するつもりだと公言していたすみれに、ビジネスパートナーとして名乗りを上げたのは紙野君で、その条件も彼が申し入れてきたものだ。紙野君と入れちがいにすみれはカウンターを出、三人連れのお客様の会計をすませた。

「あの、ちょっとお話聞いてもらっても、いいですか？」

知穂さんがそう切り出してきたのは、もうひと組のお客様が帰り、彼女が赤ワインのおかわりを注文したときだった。彼女はすみれと、紙野君を見ている。すみれと紙野君の目が合った。

知穂さんは自分に声をかけているが、紙野君のファンを公言している彼女は、本当は彼に話を聞いてもらいたいのではないか。当の紙野君は、すべてはボスのおおせのままに、といった表情を浮かべているように見える。もともと自己主張の強いタイプではないうえに、古書店はすみれ屋に間借りしているから、すみれをオーナーとして立ててくれているけれど、断る気ならはっきりそう言うはずだ。

「どうぞ」

すみれは、柔らかさを心がけて知穂さんに答えた。

接客、という言葉は人間同士の関係の商業的側面に焦点を当てた用語だ。しかし、この店を開いてから、すみれは、それを入り口としながらも、そうした側面に収まりきらない交流を少なからず経験してきている。その大きな要因を占めているのが紙野君だった。

　白状しなければならない。知穂さんに「どうぞ」と答えたとき、すみれは内心、なにがしかスリリングな期待を抱いていた。それは、知穂さんがこれから話す内容に対するゴシップ的な興味にはちがいないが、それだけでもないと思っていて、そう思える理由も、紙野君にあった。

「この間わたし、ブログ読者の方とお会いするってお話ししてましたよね?」

「ええ」知穂さんの言葉にすみれはうなずく。

　彼女は、「ほろ酔い姉さん読書中」という名の個人ブログを開設し、まめに記事を更新している。読んだ本の感想や食べ歩きの記録が中心だが、ネット上の読書感想サービスで知り合った読書好き女子たちとの飲み会を兼ねた読書会の様子などもアップしている。すみれも彼女にブログの存在を教えてもらい、何度か訪問した。タイトルにふさわしく、読書と酒——さらには食べること——への愛情と喜び、千穂さんのサービス精神が感じられる楽しいサイトだ。

　知穂さんは、そのブログを通じてひとりの男性と知り合い、気が合ってメールでやりとりするようになった。本人いわく「殿方に免疫のない」知穂さんだが、メールの文面から相手の男性への好感を深めてゆき、異性としても意識するようになる。その男性と会食の約束をした、というところまではすみれも聞いていた。

「あのあと、お会いしたんです、松下《まつした》さんと」

知穂さんの顔は、曇っている。

松下さんという男性とふたりで会うことについて、彼女はいくらか興奮気味に語っていたが、同時に不安も口にしていた。メールのやりとりで意気投合しても、じっさいに会ったら自分は相手に幻滅されるのではないか、と。

「結論から言うと、うまくいかなかったんですよねえ」知穂さんはうなだれている。

「わたし、お酒の席で愚痴を言うのは大っ嫌いなんですけど、今日だけは許してもらっていいですか？　いや、お願いします。うまくいかなかったという結果ははっきりしてるんですが、その原因については、どうしてそうなったのか、いくら考えても自分では納得のいく答えが出なくて。長いつき合いでお互い遠慮のない女友達に訊いても、わたしとして腑に落ちる結論は出ないまま。すみれさんや紙野さんなら、もっと冷静に、なぜうまくいかなかったのか、指摘してもらえるかなって」

自分がどこまで役に立てるかはわからなかったが、そういうことなら、紙野君こそ適役だ、とすみれは疑わない。

紙野君は悩みや迷いを持つ人の問題の核心に切り込む不思議な能力の持ち主だ。彼と話した結果、おおげさな言い方かもしれないが、人生がそれまでとはちがったように見え、よりよい決断を下すことができるようになったお客様を、げんにすみれはひとりならず目の当たりにしてきていたのである。

ほとんどの場合、それは、彼が薦める本を通じてお客様が解決への道筋を見出す、という形を取ってきた。嘘のようだが本当の話だ。すみれはこう考えるようになっていた——紙野君がお客様に本を薦めるとき、なにかが起こる、と。

2

「まず前提として」と、知穂さんは前置きする。

「もちろんわたしに問題があると思うんですよ。わたしという個人の最大の特徴は、あえてそれを名指す単語は避けますが、容姿に自信のない女である、ということ。中学高校と女子校で過ごしたせいか、幸か不幸かそうしたことの社会的不利にいたって無自覚なまま思春期を終えてしまい、大学で男女共学の環境に放り込まれて、そこでようやく、男性というものが女性を外見の美醜という物差しで測り、明確にランクづけしたうえでそれに応じて厳密に対応を変える、という世間の現実を学ぶことに。同時にそれが、たんに男性目線にとどまらず、大多数の女性にも内面化され、いわば自明のものとして共有されているのを理解したわたしの衝撃たるや、大海を知った試験管のなかのミジンコもかくやってもんでした。わたしが通っていた女子校は自由で、生徒同士が互いの個性を認め合っていたからか、女子のなかのそういうヒエラルキー的なものを意識せずに生きてこられた。当時はわからなかったけど、ある意味温室というか、特殊な環境だったんですよねえ」

すみれは中学高校と共学の環境で育ったが、地方から上京して大学へ入り、そこでできた何人かの女子校出身の友人から、似たような話を聞いたことがある。

「とにかく、広い世間の一角に放り出されたわたしは、遅ればせながらその支配的な価値観の洗礼を浴びずにはいられなかったんです。女子校時代の友人で、やはりおなじようなカルチャーショックを通過した子のなかには、世間知の不足が原因で、男性にひどい目に遭わされた子もいました。美醜を尺度とする恋愛市場では美しいとみなされない女性は弱者であり、性的に搾取される可能性も高まる。もともと恋愛に対して積極的でなかったわたしは、そういう子たちよりさらに男性の目からは異性として魅力的でなかったことも幸いしてか、そうした災厄には見舞われずにすんだんですが、当然の帰結として恋愛というイベントからはどんどん遠ざかっていくことに」

ここで知穂さんは赤ワインをひと口飲んだ。

「薬学部に進学したわたしは薬剤師の国家資格を取るための勉強をし、余暇は好きな読書や食べ歩きとお酒を楽しみ、女子校時代からの親しい友人たちとの交流もつづいていたので、恋人がいない寂しさはふだんは意識にのぼりませんでした。社会人になってからも、勉強が仕事に変わったくらいで、生活にはさほど変化なし。どうせ男性の恋愛対象にならないんだし、と、ダイエットも気にせず好きなものを好きなだけ食べ、飲みたいだけ飲んで、ファッションやメイクにもお金や時間をかけず、ずばりモテない人間ゆえの自由を満喫、読書感想サイトやブログをはじめてからはそれが新しい趣味になり、同好のお友達も増えたりして、自分なりに楽しく過ごしてきちゃいました」

知穂さんが息を継ぐ。

「つまり、これまで――というのは、もはや未婚女性が若さを魅力としてアピールできない年頃に含まれるであろう三十二歳になるまで――男性にモテるための努力はいっさいしてこなかったということ。ブログでもそうした、いわゆる非モテキャラを全開にして、なんなら自虐ネタまで投入して笑いを取りにいってます。これはべつに、だれかに、そこまでひどくはないだろう、とフォローしてもらおうとあえて自己卑下しているつもりじゃなく、ありのままの自分を自分で面白がり、さらには他人にも面白がってもらおうという考えからです」

自意識のバランス感覚ゆえだろう、知穂さんのブログのいわゆる自虐ネタは、痛々しさとは無縁のからりとしたものだ。

「さて、ここまで述べてきた要素のすべてが、わたしという人間が、圧倒的大多数の男性の異性愛者からは魅力的でない、もっと言えば眼中にさえ入らない女であるという揺るぎない真実を指し示していることに、もはや異論を差し挟む余地はないかと。ここで重要なのは、わたし自身がその点に関してはっきり自覚的である、ということです。大きな声で言いますが、不肖五十嵐、自分の女性としての魅力というものに、いっさい幻想を抱いていません。以後お聞きいただく不可解な件の前提として、これだけはぜひおふたりの念頭に置いていただきたく」

キッチンで必要な作業をこなしながら、おなじく三十代未婚女性のひとりであるすみれは、弁舌滑らかな知穂さんの話にすっかり引き込まれていた。すみれと紙野君に相談するに当たり、あらかじめ、話す内容を自分のなかで整理していたのだろう。

「つぎに、松下さんがどんな人なのか、わたしが知るかぎりでお話しすると――」

黒縁の大きな丸い眼鏡の縁をつまんで位置を直した知穂さんがつづける。

松下正重《まさしげ》氏は、知穂さんより五つ年上の三十七歳。未婚。理系の修士号を持ち、都内にある食品メーカーの研究室に勤務している。ひとり暮らし。趣味は読書と蕎麦の食べ歩き、またそれを兼ねたバイクのツーリング。

「おなじ理系出身でも、わたしとちがって、量子力学とか超弦理論なんていう難しい本も読んでるけど、太田《おおた》和彦《かずひこ》や吉田類《よしだるい》のエッセイや、マット・スカダー・シリーズも好きっていうところが、ほろ酔い姉さんを自称するわたしと趣味が合うんです」

太田和彦と吉田類ならすみれも知っている。どちらも居酒屋についての随筆を中心とした著述家のはずだ。太田和彦の本はすみれも何冊か読んだことがあったし、吉田類は、日本全国の居酒屋を探訪する、彼の名を冠したテレビ番組で観たことがある。しかし、マット・スカダーという名前は知らなかった。

「アメリカのローレンス・ブロックというミステリー作家のハードボイルド小説の主人公です」

知穂さんがすみれのために説明してくれる。

「シリーズの初期はアル中の私立探偵として、翻訳ミステリー好きの間で有名になったんですが、途中から禁酒するように。でも、そういうアル中からの離脱の過程も含めて、ほろ酔い姉さんの琴線をくすぐりつづけるシリーズでして」

なるほど、いずれも「ほろ酔い姉さん」にふさわしいラインナップと言えそうだ。

「あ、ローレンス・ブロックはほかの、殺し屋ケラー・シリーズもとてもいいです。文字どおり殺し屋を主人公としたシリーズで、こちらは短編中心、そうくるのかあ、というサプライズを仕込みつつ、それよりもむしろ、殺し屋という非日常そのものの職業？　を体現するプロフェッショナルの、われわれと変わりないような日常を描くところに小説としての妙味があるというユニークなシリーズで、伊坂幸太郎《いさかこうたろう》が好きな人にもおすすめです。伊坂氏も、ローレンス・ブロックに影響を受けたことを公言してますし。根っこには人情があるのにウエットになる寸前で踏みとどまってるドライさの塩梅と飄々としたユーモア、エンタテインメント小説としての仕掛けとのバランス感なんかは、通じるものがあると思います」

知穂さんは本好きらしい愛ある脱線をして、さらにつづけた。

「ご理解いただきたいのはですね、松下さんが、不肖五十嵐がブログ等でさらけ出しているコアな人間性と、読書の好みについてご承知のうえでわたしとメールのやりとりをなさったということです。ここは強調したいんですが、最初にブログにコメントをくださったのは、松下さんのほうなんですよ」

きっかけは、ブログ記事に設けられたコメント欄だった。松下さんはそこに、知穂さんが利用しているのとおなじ読書感想サービスのハンドルネームで、そちらの会員であることを明記したうえでコメントを寄せた。いつも楽しく拝読しています、にはじまり、これからも応援しています、で終わる簡潔なコメントだ。

それから松下さんは、知穂さんの記事にコメントを寄せる、いわば常連のひとりとなる。知穂さんのブログのコメントは承認制を採っている。読者がコメントを書き込んでもすぐには表示されず、知穂さんがそれを確認したうえで公開するかどうかを決められる仕組みだ。知穂さんはブログ上でメールアドレスを公開していないので、彼女がどう判断するかにもよるが、コメントする側は公開を前提とせず、彼女への私信としても利用できる。

何回目かのコメントで、松下さんはそれまでの読書感想サービスのハンドル名のほかに、本名と住所、メールアドレスを付記してきた。できればこのコメントは非公開にして欲しいという要望と、今後ともよろしくお願いします、というメッセージとともに。

知穂さんは、しばらく考えた末、彼の要望を受け入れ、記されていたメールアドレス宛に挨拶のメールを送った。こちらこそよろしくお願いします、という言葉と、自分の本名を添えて。あとから、フリーメールのアドレスはともかく、本名まで記してしまったのは警戒心を欠きすぎた行為だったかもしれない、と後悔する。冷静に判断するなら、松下さんが本当のことを書いているとはかぎらないし、もしそれが事実だったとしても、彼のことは読書感想サービスでの感想文と、自分のブログへのコメントでしか知らないのだ。

知穂さんはふだん、そこまで無防備にネットとつき合ってはいない。リテラシーには留意しているつもりである。ブログでも読書感想サービスでも、個人情報にまつわることについては一線を引いて公開するよう気をつけていた。自分らしくないまねをしてしまったのは、本への感想やコメント文から抱いた松下さんへの好感ゆえのことだった。そうしないと失礼ではないか、というプレッシャーより、自分のほうもきちんと名乗りたい、という気持ちが上回った。

送信してしばらくは、もし個人情報を悪用されたら、という一抹の不安を拭いきれずにいたが、松下さんと、今度はメールでもやりとりをするようになって、ほどなくその心配は無用だとわかった。

松下さんは、相変わらず知穂さんのブログにもコメントを寄せてくれたが、メールでは、コメント欄に書くには長くなりすぎる丁寧な感想を書いてくれた。知穂さんが、松下さんが読書感想サービスで感想を書いた本について訊ねると、親切に答えてくれる。知穂さんは松下さんが良識を持ち合わせた人物であると疑わなくなった。そればかりか、高い知性と血の通った教養を謙虚さでくるんだような人柄を感じるようになった。メールを交わすうち、ふたりの文面には自然と個人的な言及が増えてゆく。

すみれにも想像できる。文通という言葉は死語に近くなってしまったかもしれないが、いまの時代にはもっと手軽なメールがある。文は人なり、という言葉は肉筆ではない文字を媒介とした場合にもうなずける真理で、顔を見ず、肉声を聞かず、肉筆を目にすることはなくとも、文章の往来をくり返せば相手の人となりについて多くを知ることができると思う。かえって、話し言葉からはうかがい知れぬその人の気質を感知することさえあるのではないか。

やりとりがつづくなかで自然に個人的な内容に触れることが多くなったのは、知穂さんと松下さんの間で共感が深まっていたということだろう。

彼女はL字型になったカウンターの奥の席に座っている。他の席のお客様から注文が入ったので紙野君がドリンクを用意し、すみれは調理にかかった。話を中断していた知穂さんは、ドリンクをサーブした紙野君が戻ってくると再開した。

「松下さんについて知ることが多くなるにつれ、わたしのなかで、彼への好意も増していきました」

知穂さんが言う。

「それでも、わたしには最初からずっと戒めていたことがあって」

それは――と言葉を切った。

「気持ちわるい女にならないようにする、ということです」

「気持ちわるい女、ですか?」

すみれが思わず聞き返すと、知穂さんは大きくうなずく。

「松下さんは、わたしがブログでさらけ出しているキャラクターについては、受け入れてくれているはず。でなければ、好意的なコメントをくれたり、メールのやりとりをしようなんて考えませんよね。ブログの記事では触れていないような個人的なことを書くときでも、そのキャラクターを逸脱しないよう注意していました。変に女っぽさを出してしまって、松下さんにうっとうしく思われるのが怖かったんです。いや、わかってますよ。ここでは、いったい何歳までが女子を名乗っていいのかという問題をあえてスルーしますが、そもそもわたしは女子らしさとは無縁の人間なんだから、そんな心配するのだってある意味おこがましい」

「そんなことないと思いますけど」

低い声でぼそっと言ったのは、紙野君だ。知穂さんがはっと顔を上げた。丸顔がみるみる赤くなる。

「やだっ、紙野さん。ごめんなさい、いまの、フォロー待ちみたいな発言になっちゃいましたよね。わたしが考えなしでした。こんな話聞いてもらってるだけで申し訳ないのに、ほんと、お気遣い無用ですから」

紙野君はおためごかしのたぐいを口にする人ではない。知穂さんはそれがわからない人ではないだろう。なにをもって「女子らしさ」とするのかはわからないが、紙野君の言葉に照れる知穂さんはすみれの目には女性としてかわいらしく映った。

「えーと、どこまでお話ししましたっけ？」

知穂さんは手を団扇のようにひらひらさせて顔を仰ぐ。

「あ、そうだ。わたしがそうまで強く自分を戒めたのは、比較的初期の時点で、松下さんを異性として意識するようになっていたからです」

松下さんはメールで、知穂さんのブログを読んでいると、「日頃の憂さを忘れ、明るい気持ちになる」と書き、知穂さんのように「聡明で率直、爽やかなユーモアを持ち合わせた女性は貴重な存在だと思います」とも書いた。「失礼かもしれませんが、勝手ながら親近感をおぼえています」とも。

「もちろん、日頃褒められ慣れていない人間として、そうした言葉に過剰に反応してしまう傾向はあると思いますが、それを差し引いても、松下さんはブログを通じて知ったわたしのことを女として否定していない、って考えても天罰が下ったりはしませんよね。すごくうれしかったし、この人なら、わたしのことを異性として見てくれるかもしれないという期待も生まれました。わたしみたいな人間は、傷つきたくないから、ふだんなるべく人に恋愛感情を抱かないよう注意してるんですよね。でも、松下さんなら、こんなわたしでもひょっとして女として見てくれるんじゃないかって。あんな文面見たらそう思っちゃっても仕方ないですよね。そういう下地がまずあって、メールを重ねるうち、その気持ちが好意以上のものへと育っていったんです。わたしにとってははじめての感情だけど、意外なほどナチュラルな感じで」

そこで知穂さんは、少し恥ずかしそうに、同時に感慨深げに目を落とした。とても昔のことを回想しているような表情だ。

「そうなってみると、松下さんとおつき合いしたいという思いが生じてきて、どうやってても抑えきれなくなってきました。長年の習性で、怖いっていうか抵抗もあったんですけど、好奇心が上回って。はじめて海水浴場で海に入ろうとしている感じに近いかな。まずはとにかく、松下さんに一度お目にかかってじかにお話ししたい。毎日そのことばかり考えるようになりました。松下さんのお人柄が大きかったと思う。メールでしかやりとりしていなかったけど、彼は、女性を美醜だけで判断するような男性ではない、そう信じることができたんですよね。そこでわたしは、どうすれば気持ちわるい女にならずにお誘いできるかへと考えをシフトさせました」

親しい友人で恋愛経験豊富な女性にも相談して、知穂さんは松下さんにこう声をかけた。よければ今度、本の話をつまみに一緒に飲みましょう、と。ストレートに行くのが一番だという結論に達したのだ。知穂さんがそう判断したように、飲み会への呼びかけは、ほろ酔い姉さんのキャラクターを裏切らぬ無理のないアプローチだろう。

メールを送信した知穂さんは、松下さんからの返信を待つ間、どきどきのしっぱなしだったという。ほどなく松下さんから返事が届く。そこにはこう書かれていた――

喜んでご一緒します。知穂さんの歓喜と安堵は想像にかたくない。

松下さんからのメールにはこうもあった。もしさしつかえなければ、飲み会の店は自分に設定させてもらえませんか、と。

こちらから声をかけた以上、幹事も引き受けるつもりでいたが、そういうオファーはありがたい。知穂さんは快諾する。

店を決めるに当たり、松下さんは知穂さんから簡単なアンケートを採った。飲みたい酒、食べたい料理はあるか。反対にNGなものは。その他、もしご要望があればなんなりと。

知穂さんは回答した。苦手な食材は魚の白子。あまり得意でない酒はウィスキー全般。松下さんおすすめの蕎麦屋さんでなにかつまみながら日本酒が飲みたい、というのがリクエストだった。友人とも相談して、松下さんの得意なフィールドで提案してもらうのがよいのではとなったのだ。松下さんは了解してくれる。

「いざお目にかかることが決まってみると、わたしのなかにまた不安がもたげてきました。松下さんの人間性を信じているつもりでも、予防線を張らずにはいられなくなったんです。自分が容姿にまったく自信が持てない女であること、標準的な女性よりも体脂肪率が高いこと、ファッションやメイクにはいたって無頓着であること、大食いで酒飲みであることを、正直に、っていうかいくらか誇張気味にリマインドして、少しでも松下さんに期待値のハードルを下げてもらおうとしたんです。いやわかってます、卑しい心性だと蔑まれても仕方のない行いですよね。でもそのときは、松下さんに嫌われたくないという一心でした」

「松下さんの反応は？」すみれは疑問を口にする。

「はい。自分のほうこそ外見にはまったく自信がない男なので、そんなことは気にしないでください、また、自慢ではありませんが大食いでは負ける気がしません、と。その文面を見て、頭を抱えました。かえって松下さんに気を遣わせちゃってるじゃん！　って。でも、松下さんの優しいお言葉に救われる自分がいたのも事実です」

知穂さんの話を聞いて、すみれまでもがほっとしていた。

「少なくともメールの文面では、松下さんは気をわるくした様子もなく、飲み会をアレンジしてくれました」

松下さんは知穂さんに一軒の蕎麦屋を提案してきた。

知穂さんはメールに貼られたリンク先で情報を見る。都内の落ち着いた街にある、渋すぎず、いまどきのこぎれいな造りながら浮ついた感じもしない、手打ち蕎麦が本格的で、居心地のよさそうな店だという印象を受けた。日本酒の種類が豊富なのもポイントが高い。知穂さんはふたつ返事で承諾し、松下さんに予約をお願いした。

「こうしてわたしたちはついに会うことになりました。わたしにとって最大の悲劇は、松下さんが、わたしが思い描いていたとおり、いやそれ以上に素晴らしい男性だったということでした」

知穂さんは顔を曇らせた。

「お願いです。いったいわたしのなにがいけなかったのか、教えてください」

3

松下さんとふたりでの飲み会の日が近づくにつれ、知穂さんのなかでは不安よりも高揚感のほうが高まってゆく。彼女は相談に乗ってくれた友人にあらためて指南役を依頼してメイクとファッションのイメージアップを図った。

「指南役の彼女が設定した課題は、もっと女性らしく見えるようにすること。わたしずっと、女子力の低い自分が女らしい恰好をすることに抵抗があったんです。でも、考えてみればそれで自己主張するほどファッションにこだわりがあったわけでもないし、いまさら美人にはなれなくても、身だしなみを整えるのは初対面の方に対する礼儀のうちでしょうって納得できたんですよ。あ、もちろん、やり過ぎ感が出ないよう充分注意はしました。高校デビューや大学デビューならまだしも、アラサーデビューはさすがにキツいものがありますもんね。とにかく無理のないようにと」

結んでいた髪の毛はほどき、少し明るめにカラリングしてゆるくウエーブをかけたセミロングに。ふだんはパンツスタイルが多いが、V字の襟元でウエストを絞ったワンピースに薄手のカーディガンというコーディネート。眼鏡は使い捨てのコンタクトに替えた。雑誌やネットの情報を研究したナチュラルメイクまで指南役にチェックしてもらい、合格ラインをクリアした。

こうして知穂さんは、準備万端で松下さんとの対面に臨んだ。

以下は知穂さんが、すみれや紙野君の作業による中断を挟んで語ってくれた、はじめて会った日の詳細である。

当日。ふたりは松下さんが予約した店の最寄り駅で夜六時半に待ち合わせた。知穂さんは約束の時間の十分前に到着するようにしたが、松下さんはすでにその場で待っていた。

中肉中背という言葉がしっくりくる体型で、飾り気のないジャケット姿には清潔感があった。たたずまいも表情も穏やかだ。年齢なりの落ち着きと誠実さ、というのが知穂さんがぱっと見から受けた第一印象だった。

松下さんはメールに、待ち合わせのさい目印として『地球はグラスのふちを回る』を表紙が見えるよう持っていますと記していた。ほろ酔い姉さんこと知穂さんが、愛読書の一冊としていつか彼に薦めた開高健《かいこうたけし》のエッセイだ。が、たとえその文庫本を手にしていなかったとしても、その男性が松下さんだと気づいたにちがいない、と知穂さんは思った。身にまとっている空気感が、知穂さんが松下さんのコメントやメールから想像していた人物像と合致したからだ。もちろんそれは思い込みにすぎなかったかもしれない。が、たとえそうだったとして、それはなんと幸福な思い込みだろう。

離れた場所で知穂さんは足を止めた。すくんでいたのだ。いざとなってみると、髪型もメイクも新調した服も、みんなとってつけたはりぼてのように感じられてくる。容姿に自信がない女が精一杯背伸びして外見を取り繕おうとしているさまは、心ある人の目にはさぞや滑稽に映るにちがいない。踵を返してこの場から逃げ出そう。知穂さんはそう思った。

そのときだった。

顔をこちらに向けた松下さんがうなずきかけるようなまなざしで知穂さんの目をとらえ、それから微笑んで「五十嵐さんですか」と声をかけてくれたのだ。

「は――はいっ」知穂さんは、胸のつっかえが溶けたように感じた。

松下さんは、知穂さんを見たままひとつうなずき、「松下です」と頭を下げた。

「五十嵐です」知穂さんも頭を下げる。

ふたりはほとんど同時に顔を上げ、そして、互いに見つめ合った。一秒の何分の一であったろうか、一瞬と言ってもいいわずかな時間だったが、交わった視線の間になにかが流れたと知穂さんは感じた。はっとしたようにいったん目をそらしたのは、松下さんのほうだった。

「今日は、ありがとうございます」彼は言った。

「いえそんな、こちらこそ。わがままを聞いていただいたうえに、お店の予約まで図々しくお願いしてしまっちゃいまして。……やだわたし、日本語がおかしい」

「えーと、まいりましょうか」

「まいりましょう」

歩道では道路側に立つようにしてリードする松下さんと並んで歩いて、知穂さんは気づく。自分だけじゃない、どうやら松下さんも緊張しているようだ、と。すると少し心に余裕が生じ、松下さんへの好感はさらに増した。

ビルの一階にある店は、暖簾のかかった新しい引き戸の前のわずかな空間に竹垣と敷石と植栽を上手にあしらった、雰囲気のあるこしらえだった。

松下さんは引き戸を開けて知穂さんを先に通してから店に入って戸を閉めた。白木を造作の中心とした店内は心地よい明るさと上っ調子でない活気で満たされていた。厨房が見えるオープンキッチンに面したカウンター席がほどよい開放感を醸し出している。席数はテーブルを合わせて三十ほど。六割方が大人の男女で埋まっていた。

「お蕎麦屋さんのカウンターか。面白いですね」知穂さんが感想を述べる。

「あっ、すみません」と松下さん。少しあわてているようだ。「テーブル席を予約してしまいました」

「あっ、いえいえ、もちろんテーブル席で問題ありません」

今度は知穂さんがあわてる。

「いらっしゃいませ」

入ってすぐのところにレジがあり、その傍らに立っていた、ギャルソンエプロン姿の女性が迎えてくれる。松下さんが予約名を告げると彼女はうなずき、「お待ちしておりました」とふたりを奥の、店内で唯一予約席と書かれたプレートが置かれたテーブル席へ案内した。

どうぞ、と知穂さんに椅子を引いたのは、松下さんだった。

「ありがとうございます」知穂さんは座った。

松下さんは知穂さんに向かい合った壁際の席に回る。

「素敵なお店ですね」

「そうですか」松下さんは知穂さんの言葉にほっとしたようだ。「あ、じつは、僕もはじめてなんです。ネットでなかなか評判がよかったので」

フロアで接客を担当するスタッフは、先ほどの女性と男性がもうひとり。女性が持ってきたメニューを、松下さんは知穂さんに向けて開いた。知穂さんは確認の意味で目を通し、松下さんのほうに向けた。

「わたし、ネットであらかじめ料理だけはチェックしていたんです。自分のなかで組み立ては決まりました。一杯目は生ビール、二杯目からは日本酒に。蕎麦前ですが、蕎麦味噌、板わさと天ぷら盛り合わせと出汁巻き玉子、あと合鴨ロース、ここまではお蕎麦屋さんのつまみの定番として、ネットで見て、蕎麦豆腐とノドグロの揚げ出しと海老味噌漬け焼きが気になってたんですけど、召し上がりませんか？」

「あ……はい。さすがですね」松下さんはふたたびメニューに目を落として「ほう」とつぶやいてから顔を上げ、スタッフを探してか顔を左右に動かした。

知穂さんが肩越しに振り向くと、男性スタッフの姿が見えたので手を挙げる。彼はうなずいてこちらにやって来た。

「あ、ええと」と松下さんが少しあわてた様子を見せる。

注文するものを忘れてしまったのだろうか。松下さんは、レジのほうにいる女性スタッフに目を向け、目の前の男性スタッフに視線を戻すと、言った。

「そちらに生ビール。それと、僕には……ハイボールを」

「かしこまりました」

男性スタッフが伝票にメモを取るのを、松下さんはじっと見つめていた。

「料理も頼んじゃいましょうか」

知穂さんは松下さんに断ってから男性スタッフにも確認し、注文する。

「蕎麦味噌、板わさ、蕎麦豆腐とノドグロの揚げ出し、海老味噌漬け焼きを二本。まずはそれでお願いします」

男性スタッフが注文を控えてキッチンへ向かう。

「珍しいですね、一杯目からハイボールって」知穂さんは松下さんに言った。

「ええ」と松下さんがうなずく。「メニューにあるのを見て。ハイボールが置いてある蕎麦屋さんも珍しいなと思って頼んでみました」

「たしかに、いまどきワインを置いている本格店は少なくないですけど、ハイボールははじめて見ました。攻めてるなあ」

「蕎麦屋の一杯目としては無粋な選択かもしれません」

松下さんが頭をかく。その言及と仕草は知穂さんの目にはとてもキュートに映った。

ほどなく女性スタッフがトレイで運んできたふたつのグラスを「こちらがハイボールで、こちらが生ビールですね」と確認しながらテーブルに置いた。どちらも麦藁色と形容できる液体が注がれたグラスが並ぶ。知穂さんのほうはより黄色みが強くこんもりと白い泡が絶妙な割合で層をなしており、松下さんのほうはそれより明るく透明感があって氷の周りから細かな気泡が立ちのぼっていた。それぞれの冷えたグラスを手にとってふたりは乾杯した。

「あらためまして、よろしくお願いします」知穂さんが言った。

「こちらこそ、よろしくお願いします」松下さんが応じる。

「あー、ここの生ビール、美味しい」大きくひと口飲んで知穂さんは唸った。「生ビールが美味しいお店は信用できますよねえ」

「同感です」自分のグラスに口をつけた松下さんは微笑んだ。「きちんとディスペンサーを掃除していないと雑味が出るし、繁盛していない店は樽の回転が遅い分、中身がどんどん新鮮でなくなってしまうんですよね」

「ですです。しかも、とくに最近は、安い店だとメニューに生ビールって書いておきながら、平気で発泡酒を出すところがあるから油断なりませぬ。うっかり注文して生ビールと信じて飲んじゃって、うわ発泡酒だっ！　ってなったときの衝撃たるや。あれは悪質です。酒飲みの心情としてはオレオレ詐欺に近い。ぜひ法律で取り締まっていただきたい。できれば全員死刑で」

知穂さんが力説すると、松下さんは声を出して笑った。とても愉快そうだが、下品さのない笑いだ。

知穂さんは不思議な感懐にとらわれている。

はじめて経験しているはずの出来事を、過去に体験したことがあるかのように感じてしまう現象を指す、デジャヴ、という言葉がある。松下さんとこうして対面した知穂さんがいま感じているのは、そのデジャヴに似たなにかだ。

　生ビールに口をつける前から、不安と緊張は知穂さんから去っていた。サービス精神旺盛な彼女には、自分の容姿に自信が持てないという自覚とも関連して、だれに対しても会話を盛り上げようと努めてしまう傾向がある。けれど、女性として好意を持って欲しいと思っている松下さんを前にして、そのようないわばプレッシャーを感じることもなく自然体で話している自分がいた。なぜか。知穂さんのなかですでに答えは出ている。松下さんと出会ってすぐ、心の底でこう感じていたのだ――ああ、この人だ、と。

　読書家としての知穂さんは、波瀾万丈の大恋愛や、ジェットコースターのようにスリルのある男性とのアヴァンチュールを想像のなかで存分に楽しむことができる。けれどももし現実に自分が恋をするなら、相手の男性には誠実さや優しさ、穏やかな愛情を求めるだろうと考えていた。交わしてきたメールからうかがい知ることのできる松下さんの人柄に、知穂さんはいつしか自分の理想の男性像を重ねるようになっていた。

　容姿や外見は美醜の物差しとなるばかりでなく、見る人しだいでその人物についてほかにも多くのことを語る。現実の松下さんから知穂さんは、自身が抱いていた人物像を裏切らない第一印象を受けた。ロマンティックに言い換えれば、つまり理想像が肉体を持つに至ったわけだ。それが、知穂さんが出会うべき人に出会ったと腑に落ちる感じを味わったゆえんであり、会ったばかりの松下さんに対してすんなり自然体になれた理由だろう。

そんなことを考えている間にも、蕎麦味噌と板わさ、さらに海老味噌漬け焼きが運ばれてきた。小さなしゃもじに盛られた焼き味噌には砕いたくるみと大葉が練り込まれており、コクと風味と食感が絶妙に上乗せされている。

「ああ、これは日本酒だ」とため息が出た。「この蕎麦味噌ちびちび舐めながら、酒、くいくい進んじゃいますよねえ」

「まったく。最強の日本酒キラーですね」松下さんはにっこりとうなずいた。

板わさの蒲鉾はむっちりと分厚くて歯応えがあり、添えられたわさびはおろしたてでつんと香りが立ち、辛さのなかにほんのり甘みが感じられた。海老味噌漬け焼きという料理を知穂さんははじめて食べたが、身の旨みが凝縮されて味噌が香ばしく、こちらもお米の酒が恋しくなる味。

「わたし、日本酒にします」ビールを飲み干して知穂さんは言った。「松下さんはどうされますか？　徳利なら、ご一緒しません？」

「そうですね」松下さんは目の前の空になりかけたグラスを見て、「えー、僕はもう少し泡を」

松下さんが手を挙げると女性スタッフがやってきた。

「わたしは、澤屋まつもとの特別純米を一合」知穂さんが日本酒の銘柄を告げる。

「あ、お猪口はひとつで」と松下さんが補足する。「僕は、生ビールを」

「かしこまりました」

「あ」と松下さんが知穂さんを見る。「料理の残り、注文しましょうか？」

「そうですね」知穂さんは女性スタッフに合鴨ロースと天ぷら盛り合わせ、それに出汁巻き玉子を頼んだ。


それからの時間、知穂さんは料理と酒、そしてなにより松下さんとの会話を甚能する。料理はいずれも素晴らしく、調理人が蕎麦打ちのみならず蕎麦料理の土台となる技術をしっかり身につけていることを感じさせた。

合鴨ロースはもちろん、出汁巻き玉子と天ぷらも申し分なかったし、蕎麦豆腐とノドグロの揚げ出しと、食中酒としてバランスの取れた日本酒との相性に完璧といってよかった。食いしん坊の知穂さんは、締めの蕎麦にたどり着く前に、松下さんと相談してさらにつまみを追加した。

最初は緊張していたらしい松下さんも、しだいに自分に対して心を許してくれるようになったと知穂さんは感じた。想像していたとおり、松下さんは穏やかな人柄で、口数も多くなければなにかを声高に主張する人でもなかった。知穂さんの言葉にはしつかりと耳を傾けてくれ、楽しそうに何度も笑った。

知穂さんは日本酒を、松下さんは生ビールをおかわりし、杯を重ねるにつれ、ふたりは互いについて、メールでは知らなかったことを知るようになった。松下さんは東京出身、大学院の生物学科で植物について研究した。穀物の改良が専門で、大学院を卒業後は食品会社の研究室に職を得たという。名前を聞けばほとんどの人が知っているメーカーだ。しかし会社は近々退職する予定だという。

「……転職されるとか、ですか？」知穂さんは訊ねた。

「あ……そうとも言えるのかな。これまで副業だった不動産投資を専業にするつもりです。どうも僕は不器用というか、組織のなかではうまくやっていけないタイプでして。大学院の研究室にいた時点でそれがわかったので、組織に属さなくても生活していけるよう人生を計画したんです」

「不動産投資……」知穂さんには馴染みのない世界だ。

「就職してから、低金利でローンを借りて不動産を買い、そこには住まずに人に貸し、返済額を上回る賃貸収入を得ています。さらに、給与からの貯蓄でもう一軒中古アパートを購入できたので、会社を辞めるふんぎりがつきました。まあ、都内の実家住まいで両親も健在、兄弟もいないからできる人生設計だと思いますが」

「松下さんって、けっこう大胆ですね」

「そうですか？　自分ではすごく慎重なタイプだと思ってるんですが。これでも、何事も見切り発車せずしっかり準備に時間をかけてやるほうです。いくら大企業でも、組織に所属した生き方には、けっこうリスクがあると思うんです。自分でコントロールできない要素が多すぎますからね」

「そういう考え方はしたことなかったなあ」知穂さんは感心する。

「不動産と言えば、うちは父方が代々地主だったんです。でも、タダ同然で貸していた土地のひとつが強引な賃貸人に居座られて、追い出すこともできず、最終的に買い叩かれて泣きを見るというような出来事がいくつか重なって、父親は大家ほど割に合わない商売はないと思うようになり、自分は会社員になったんですよね。わたしも子供の頃からそんな話ばかり聞かされていたせいか、資格を取って堅い仕事に就こうっていう考えしかなかったんだな」

「でも、薬剤師は立派な国家資格ですから、潰しが利きますよね。安定を求めるなら賢明な選択肢だと思います」

　松下さんは人生に対して自分ならではの考えを持ち、それにしたがって着実に行動できる人なのだ、と知穂さんは感動していた。組織内でばりばりと出世の階段を上ってゆく男性とはまたちがう、独立独歩のバイタリティの持ち主。押し出しの強いタイプではないが――むしろそこは知穂さんには好感度が高い――感じのいい人というだけで貴重なうえに、男性的魅力だって充分ではないか。知穂さんの確信はいよいよ深まるとともに、ハンドルネームどおりほろ酔い姉さんとなった彼女は松下さんをうっとりした目で見つめていた。

「松下さんて、しっかりされてるんですね」

「えっ、そうですか」

「そういえばわたし、自分の人生設計についてあまり真剣に考えてこなかったなって。ひとりっ子で実家住まいっていう気楽な立場に甘えていたような気がしてきました。でも、友達には、ローン組んでマンション買った子もいるんです。結婚するための準備にって。わたし最初、婚活で知り合った業者さんに売りつけられたんじゃやって心配したんですけど、彼女のほうがよっぽど真剣に人生考えてるよなあ」

「なるほど」と松下さんは真顔でうなずいて、「ところで、五十嵐さんは、その、結婚についてはどうお考えですか？」

「したいと思ってます」知穂さんは正直に答えた。「松下さんは？」

「僕も、したいと思ってます。あいにく予定はありませんが」

「わたしもです。両親は気になっているみたいだけど、口に出していうのもなんだかなと思って黙っている気配があるので、申し訳なく感じてきました」

「うちはなんにも言わないですね。完全にあきらめてるのか。白状しますと、じつはこれまで、女性と交際らしい交際をした経験がなくて。恥ずかしながら、彼女と呼べる人を両親に紹介したこともないんです」

松下さんは苦笑する。

「ただ、女性の場合、出産もあるから、五十嵐さんのご両親もそれを心配されているのかもしれない」

「そうかもです。でもわたし、結婚はしたいけど、子供を産みたいとまではいまのところ思えないんですよねえ。出産とか、正直怖くて」

「そうですか……」そこで松下さんははっとしたように、「あっ、すみません、会ったばかりでこんな立ち入った話を」

「いえいえ、そんなこと言われたら、わたしのほうこそ困ります。初対面なのに、わたし、なれなれしくないですか？」

「そんなことありません」

「なんだか松下さんとはじめてお会いした気がしなくて。メールでずっとやりとりさせていただいていたからかもしれませんが」

「それは、僕もです」

「ほんとですか？」知穂さんはつい、勢い込んで確かめてしまった。

「ほんとです」と松下さんがうなずく。

多少は気圧されていたかもしれない。何度かまばたきしていたからだ。しかし彼はこうつづけた。

「五十嵐さんのブログを愛読していて、失礼ながらこう思っていたんです。ほろ酔い姉さんは、とても気持ちのよい女性だな、と」

知穂さんは息を止めていた。胸の高鳴りを感じながら。

「じっさいにお会いしてみて、五十嵐さんもそのとおりに気持ちのよい方でした。僕もはじめてお会いした気がしませんし、お話ししていて、とても楽しいです」

松下さんはそう言ってから、少しはにかんだような表情を見せた。

褒められ慣れていない知穂さんには、自分に向けられた褒め言葉にはなにか裏があるのではないかとつい懐疑的になってしまう習慣がある。けれど、松下さんの言葉は自分でも意外なほど素直に受け止めることができた。松下さんすごい、と知穂さんは思った。こんな男性ははじめてだ。

「わたし――わたしも、松下さんとお話ししていると、とっても楽しいです。もっともっと、松下さんのお話、お聞きしたいです。なんて言いながら、わたしもついついいっぱいおしゃべりしちゃうかもしれませんが。でもそれも松下さんの人徳ゆえなんですよー」

「人徳、ですか？」

「そう、人徳です」

松下さんは不思議そうな顔をする。

「あんまり言われたことないなあ」

「それは――周りの人に見る目がないんですよ。節穴かっ！」

すると松下さんは声を出して笑った。心からの笑いに見える。知穂さんははっきり手応えを感じた。松下さんはありのままの自分に好意を持ってくれている。そしてこの夜、その手応えが薄れることは最後までなかったという。

「完璧な夜でした」カウンターの赤ワインのグラスに目を落として、知穂さんは言う。

「少なくともわたしにとっては。松下さんが選んでくださったお店は酒飲みにとって申し分ないお蕎麦屋さんでしたし、肝心のお蕎麦でがっかりするようなこともありませんでした」

ちなみにその店の蕎麦は、国産の蕎麦の実を店内の石臼で挽いた蕎麦粉で打ったものので、知穂さんと松下さんはその日、蕎麦の実の中心に近いところだけを使った更科のざると、皮ごと挽いた十割の田舎蕎麦を各一枚ずつ注文して、それぞれたいらげたのだという。ふたりともじつに頼もしい健啖ぶりだ。挽きたて、打ちたて、もちろん茹でたての蕎麦は香りがよく、つゆとのバランスも絶妙で文句なしだった。知穂さんは深い満足感とともに箸を置いた。

ここまで聞いた時点で、すみれの頭のなかは疑問でふくれ上がっている。うまくいかなかった——知穂さんはたしかそう前置きしていたはず。いままた、完璧な夜という言葉を口にした。話を聞くかぎりその言葉を疑う余地はない。いったいどこに問題があるというのだろうか。

「お蕎麦屋さんにいたのは、二時間ほどだったでしょうか。ひととおり食事もいただいたのでお会計をして店を出ました。あ、お会計、松下さんはご馳走するとおっしゃってくれたんですが、もちろんそんなわけにはいきません。けっして安い店ではありませんし、そもそもお誘いしたのはわたしのほうですから、きれいに割り勘にしてもらいました。それから、二軒目へ」

「二次会ですか」すみれは訊ねた。

「はい。と言っても、お酒はやめてお茶にしました。お蕎麦屋さんで、結局わたし、最初の生ビールのあと日本酒をひとりで二合飲んじゃったんですよ。それ以上飲むと、ほろ酔い姉さんからもう一段階進化しちゃう。松下さんは乾杯のハイボールのあとビールを五、六杯飲んでも陽気になったくらいでほとんど変わらなかったんですよね。さすがのわたしも初対面で酔っ払った姿をさらしてはいかんという判断が働いたので、近くにあったカフェでの二次会を提案しました」

ふたりはそこでコーヒーを飲み、一時間ほど話をした。料理や酒を間に挟まずとも、話は弾んだ。

その席で、知穂さんはずっと気になっていたことを思い切って訊いてみた。

「松下さんは、いま、おつき合いされている女性はいらっしゃるんですか？」

「いいえ」というのが松下さんの答えだった。「僕はそもそも、女性に対してあまり積極的になれない性分なんです。女性はやはり、積極的な男性を求める傾向がありますよね？　にもかかわらず、この年になってしまうと、どうしても結婚を意識してしまいますから、なおさらハードルも上がる感じで」

たぶん松下さんに交際している女性はいない。知穂さんもそう推測していたが、確かめずにはいられなかったのだ――ふたりの間になんの障害もないことを。そして知穂さんははじめて、自分が、「松下さんいまフリーなんですか？　じゃあわたし、立候補しちゃおうっかなあ、恋人に」などと気軽に言えるようなキャラクターでなかったことを残念に思う。

指南役の友人からは、酔った勢いで告白するなどの暴走は厳に慎むように、とのアドバイスを受けていたが、その心配は取り越し苦労だった。かつてない自信を感じているからといって、松下さんではないが恋愛初心者の殻をそう簡単に脱げるはずもない。

「わかります。ですよねえ」という、自分でもあまり賢いと思えないあいづちを打つのが精一杯だった。

とはいえそれで会話のキャッチボールが失速したわけではなく、知穂さんは松下さんとの時間を心の底から満喫した。まだまだいくらでも話していられそうだったし、名残惜しい気もしたが、だからこそほどのよいところで切り上げることにする。松下さんもおなじように感じてくれているように思えるのは気のせいだろうか？　ここでも松下さんは知穂さんにご馳走してくれようとしたが、知穂さんは固辞して自分の分は支払った。

「カフェを出たわたしたちは、最寄り駅で別れてそれぞれの帰途に就きました。帰りの電車に揺られながら、わたしはその夜の余韻にいつまでも浸っていました」

すみれの疑問が最高潮に達する。

「と、そこまではよかったんです」その疑問に答えるかのように知穂さんが言う。「問題なのは、このあと。翌日わたしは、この日のお礼のメールを松下さんに送りました――」

素敵なお店を選んで予約していただいたことへの感謝、お話ししてとても楽しかったこと。そこまでは社会人としてごく当然の礼儀だろう。でも知穂さんとしてはもう一歩踏み込んだ好意を伝えたかった。自分の気持ちに迷いはないし、手応えも感じていたが、松下さんの反応を勘ちがいしていたら目も当てられない。勇気を振り絞り、けれど距離感に注意して慎重に考えた結果、メールは簡潔なものとなった。こんな内容だ——メールのやりとりで想像していたとおりに誠実でユーモアのある松下さんのお人柄にじかに触れることができ、ブログをつづけていた自分を褒めてやりたくなりました。ぜひまた飲み会をご一緒しましょう。

何度か読み返し、さらに、指南役の友人にもチェックしてもらい、OKをもらったうえで送信した。

「でも——」と知穂さんは言葉を切る。「返事が来ないんです」

知穂さんの憂いの理由がようやくはっきり見えてきたような気がした。

「何日くらいですか」

「わたしがメールをお送りして、今日でちょうど一週間に。わたしたちもべつに、それまで毎日のようにやりとりしていたかというと、そんなことはなくて。ただ、ひとつのトピックがつづいている間は、お互いに翌日までにはレスポンスするようにしていたんです。松下さんはお礼のメールを無視するような人じゃないし。読んでいればすぐ返事をくださるはずなんですよ」

知穂さんが語る松下さんの人柄からすると、その言葉にもうなずける。

「システムの不具合かとも思ったんですが、わたしからのメールはまちがいなく送信されていて、エラーメッセージも返ってこない。本当は気になって確認のメールを後追いで送りたいくらいなんだけど、さすがにしつこいと思って我慢してます」

つまりはそれが問題だったというわけだ。

知穂さんは今日、これまでの彼女と変わらぬ装いをしている。松下さんに会うためにイメージチェンジしたが、その後は以前のスタイルに戻したようだ。あるいは——少し早計にも思えるが——傷心の結果だろうか。

「なにか不測の事態が生じたということは？」すみれは訊ねる。「急に体調を崩して入院したとか」

「もちろんその可能性はあります。ただ、いまどき、海外でもインターネットはできるし、メールができなくなるほどのアクシデントって、よほどのことですよね。もしそんなことが起きているなら松下さんにとってよくないことでしょうし、そういう偶然を望んで事態を楽観しようとするのは現実から目をそらして自分を甘やかす行為でもあるから、そんなこと考えるのは二重に駄目なんですよ」

「それはちょっと……自分に厳しすぎるような」

「それくらいでちょうどいいんです。そりゃわたしだって自分がかわいいですよ。でも、ほかの人が自分に対しておなじように感じてくれるはずなどないんです。そんな甘い認識ではこの過酷な世間を渡っていくことはできません。ということで指南役の友人に意見を仰いだところ、やはり過失を疑うべきだという助言をもらいました」

「過失、ですか？」

「松下さんがメールに返信しない理由を外に求めるべきではない、あくまでその原因は自分にあるとする自己責任論ですね。なるほどと思ったので、当夜のわたしの言動について忌憚のないダメ出しをお願いしました。すると、可能性として一番高いのは、男性を立てていないことではないかと。言われてみれば思い当たるふしがありすぎて思わず天を仰いでしまいました。お蕎麦屋さんで注文する料理のメニューもほとんどわたしが決めてましたし、経済的に余裕のありそうな松下さんがご馳走すると言ってくださったのを二度も無碍《むげ》に断ったりして。かわいげのある女性なら絶対しませんよね。男の人は、なんだかんだプライドを大事にしてるから、それを尊重しない女性を選ぶことなんてまずあり得ない。指南役の友人にそう言われて、飛び込める穴を探してしまいました。いやこれ冗談じゃなく、気がついたら断崖絶壁の写真が載った世界の絶景集とかダムの大型写真集をめくっていて。不思議ですよね。わたし昔から高所恐怖症で、そういう現場には絶対に行けっこないのに、写真を見るのは好きなんですよ。あ——これってひょっとして破滅願望？　だとしたら蕎麦屋でミスしたのも潜在意識のなせる業？」

知穂さんは寒気に襲われたかのように身をすくめた。

「でも、最後まで楽しく過ごされたんでしょう？」

「わたしはそうでした。松下さんもそうだと思っていたんです。けど、そうじゃなかったのかも。そこは大人だから、内心不快に感じていてもその場で表に出すとはかぎりませんよね。まして松下さんは酔っても紳士で、帰りに駅へ向かう途中も、わたしに道路の歩道側を歩かせて、自分が車道に近いほうを歩いたりと、最後まで気配りを怠らない方でしたから」

「そういう人があえてメールを無視して返信しないというのは考えにくいですね」

「そうなんです。たぶん指南役の友人の言うとおり、わたしの行動になんらかの問題があって、松下さんを不快にさせてしまったんです。でも、そうだとしてもこのリアクションは松下さんらしくない。それについては指南役の友人も首をかしげるばかりで——だからこうして、おふたりに相談を」

知穂さんはすみれを見る。が、カウンターのなかに、さっきまでいた紙野君の姿はない。知穂さんが彼の姿を探そうとしたとき、紙野君は斜め後ろから彼女に近づいてくるところだった。

その手には一冊の文庫本。古書スペースから取ってきたものにちがいない。

「お話はうかがいました」振り向いた知穂さんに紙野君は本を差し出す。「五十嵐さん——この本、買っていただけませんか？」

紙野君と彼が持っている本とを見比べた知穂さんの目が、眼鏡の奥で大きく見開かれた。

4

知穂さんがとまどったのも当然だろう。

常連のお客様に本を薦めるとしても、紙野君はふだん、こんな言い方はしない。けれどすみれは、紙野君がいまのように、ある意味強引にお客様に本をおすすめするのをこれまで何度か見ていて、知穂さんが相談を持ちかけたとき、こうなることをなかば予期していた。

すみれ屋にはときに、知穂さんのようにすみれや紙野君に悩みを打ち明けるお客様がいる。紙野君がいまのように本を薦めるのは、そうしたお客様に対してだ。おすすめされたお客様は知穂さんのようにとまどいつつも、なにかを感じ、おすすめされた本を購入し、紙野君に言われたとおり、それを読む。

そして——その本のなかに、悩みを解決する手がかり、よりよい決断を下すためのヒントを見つけ出す。

紙野君がお客様に本を薦めるとき、なにかが起こる、という確信は、すみれがそうした場面を何度か目撃した体験から生まれたものなのである。当惑する知穂さんとは反対に、すみれはむしろ、心のどこかでこの展開を待ち望んでいた。そしてそれが、知穂さんが紙野君に相談を持ちかけたときに生じたスリリングな期待の正体だったのだ。

紙野君が知穂さんに薦めた文庫本の表紙には、『古典落語（上）』と書かれていた。

「落語……ですか？」知穂さんがけげんそうな顔をする。

「『長屋の花見』という噺《はなし》はご存じですか？」

「いえ。落語にはうとくて……それがこの本のなかに？」

「はい」

「でも……どうして？」

「その噺を読んでもらえば、わかります」

「それってつまり――いまわたしが話した不可解さの答えがこのなかにあると」

紙野君は黙って微笑んだ。

「か――買います！」知穂さんはバッグをつかんで財布を取り出した。

「ありがとうございます」

古書スペースは独立採算制だ。知穂さんから代金を受け取った紙野君は、本を紙袋に入れてお釣りと一緒に彼女に渡した。

「紙野君、さっきの本だけど」

最後のお客様を見送ったあと、すみれは紙野君にそう声をかけた。

「ありますよ」

紙野君は、まるで待ち構えていたかのように文庫本を差し出した。表紙には『古典落語（上）』とある。さっき知穂さんが買っていったのとおなじものだ。

古本屋としては珍しく、紙野君はおなじ本を何冊か並べていることがある。これまで彼がお客様に薦めた本はいずれもほかに在庫があった。今回も例外ではなかったのだ。

紙野君がいまのようにお客様に本をおすすめするとき、すみれはいつもおなじ本を買うようにしている。なぜ彼がそれを薦めたのか知りたいという興味を抑えられないからだ。

「買います。いくら？」

「三百五十円です」

紙野君のほうでも、すみれの行動パターンはお見通しのようだ。すみれは「袋はいいからね」と代金を渡して本を受け取った。

「えーと、なんていう噺だっけ？」

『『長屋の花見』です」

「今夜読む。それで、明日の夜だけど、もし紙野君の都合がよければ――」

「ご一緒します」紙野君がすかさず答えた。「夕食ですよね？」

「うん。ありあわせでよかったらご馳走するから」

「最高です」紙野君が顔をほころばせた。「久しぶりだな」

「そうか……ちょっと忙しかったからね」

すみれ屋を開業して一年半以上経つが、幸い店は順調でリピーターも着実に増えている。二週間ほど前、インターネットのグルメキュレーションサイトに店が紹介されてから、連日満席状態がつづいていた。料理の仕込みと調理、コーヒーの抽出をすみれはひとりでやっている。連日フル稼働だ。ふだん、昼食は抜いて閉店後に軽く夕食を摂る。紙野君にもよくつき合ってもらっているが、しばらくその余裕がなかった。

「明日の夜も、すみれさんが大変なようなら、無理しないでください」

「ううん」すみれは首を振る。「明日は紙野君とご飯食べたい。今夜これ読んだら、絶対話したくなると思うから」

手にしていた本を掲げる。

「いくらでもおつき合いしますよ」

眼鏡の奥で、紙野君の目がきらっと光った。

渋谷から私鉄で数駅。そこから歩いて十五分ほどの住宅街。すみれ屋があるのは二階建ての古い木造家屋の一階部分で、すみれはその二階に住んでいる。和室のひと間をフローリングにしてベッドを入れ、寝室とした。その夜、寝る支度をすませたすみれは紙野君から買った本を手にベッドに身体を投げ出した。

『古典落語（上）』は分厚い文庫本で、カバーの表紙には切り絵のような様式で座布団に座る和服で髷《まげ》を結った男性が描かれている。指に挟んだ扇子の持ち手の側をくわえるようにしているのは煙管《きせる》に見立てているようだから、落語家ということだろう。編者は興津要《おきつかなめ》。発行は講談社。本を裏返してそこに記された概要を読むと、上下巻に古典落語の「代表的名作」が合わせて六十二篇取り上げられており、上巻にはそのうちの三十二篇が収められていることがわかる。

ずらりと見出しが並ぶ目次を見ると、「まんじゅうこわい」「目黒のさんま」「時そば」といった、日本人なら一度は耳にしたことがあるだろう、落語をあまり聴いた経験のないすみれでも内容を知っている噺も目についた。古典落語の代表的名作を収めたという言葉に嘘はなさそうだ。

もちろん「長屋の花見」もある。聞いたことはあるものの内容は思い出せない。ほかの噺にも興味は湧いたがそれはあとで読むことにして、すみれは紙野君が知穂さんに薦めた噺へ真っ先に飛んだ。

「長屋の花見」は会話劇らしい。開いたページには「」でくくられたせりふが並んでいる。小説でいう地の文は見当たらない。何人もの人物が登場するが、説明抜きで会話だけでも話が進むし、ストレスを感じることもない。そうか、話芸である落語を書き起こすとこうなるのか。

その名のとおり、噺はまず長屋からはじまる。男性の独身者ばかりとおぼしき長屋の店子《たなこ》たちが集まっている。月番――というのは月代わりの世話役のようなものだろうか――の店子に声をかけて集めさせたのは、長屋の大家。その理由を月番の店子は、店賃《たなちん》の催促のためではないかと推測する。つまり、どうやら集められた店子たちはみな、家賃を払っていないらしい。となれば憶測の域を超えていることになるわけだが、べつの店子のつぎのような反応が、いよいよそう思わせるのだ。

「店賃？　店賃を大家がどうしょうてんだ？」

「どうしょうったって、みんな店賃を払えという催促だろうてんだ」

「店賃を払えだと？　ずうずうしい大家だ」

落語ならではのキャラクターにしても、とんでもない間借り人である。さすがに月番はたしなめるのだが、そこから彼がみんなの家賃の滞納ぶりを訊いていくと、残りの面々ももう何年も滞納して平気でいることがあきらかになる。

みんなが集まったので覚悟を決めて大家のもとを訪ねると、意外にも店賃のことで呼んだのではないとの答え。大家は自分の長屋が周囲では「貧乏長屋」と呼ばれていることに触れたあとで、こう切り出すのだ。

「うちの長屋も貧乏長屋なんていわれてるんじゃ景気がわるくってしかたがねえ。そこで、ひとつ陽気に花見にでもでかけて、貧乏神を追っ払っちまおうとおもうんだがね、なまじっか女っ気のねえほうがいい、男だけでくりだそうとおもうんだが、どうだい？」

つまり、貧乏長屋の汚名を返上するため、みんなで景気よく上野へ花見に出かけようと店子に招集をかけた、というわけだ。最初は気乗りしない店子たちも、大家が酒と肴を用意したと聞いて、にわかに乗り気になる。その内訳は、一升瓶が三本、重箱に蒲鉾と卵焼き、という取り合わせだ。当時はご馳走だったのだろう。

ところが、一同が盛り上がってさあ出かけようというところで、大家が「種あかし」をする。なんと、用意した酒と肴は、本物ではなかったのである。一升瓶の中身は番茶を煮出して水で割って薄めたもので、蒲鉾と卵焼きは、月型に切った大根の漬け物とたくあん。あきれたことに、見栄っ張りだが締まり屋の大家は、本物を用意するお金をけちり、偽のご馳走と酒で花見を楽しんでいるふりをするよう、店子たちに要求するのだ。

店子たちは当然ながらひどく落胆する。が、浮かれた花見客でいっぱいの場所へ行けば、がま口のひとつも落ちていないともかぎらない。そんな不純な動機をからめたやけくそな気分も手伝って、みんなでくり出すことにする。

長屋を出た一行が向かうのは上野だ。現在も花見の名所である上野公園一帯が、かつて上野の山と呼ばれ、江戸時代にはすでに大勢の花見客が訪れていたことはすみれも知っていた。

毛氈《もうせん》代わりの筵《むしろ》を敷くと、一同は花見をはじめる。大家は、「さあさあ、きょうはおれのおごりだとおもうと気づまりだろうから、そんなこたあわすれて、遠慮なくやってくれ」と空々しく大盤振る舞いの演技をし、店子たちは、馬鹿馬鹿しいと思いながらも店賃を払っていない引け目もあり、仕方なくそれにつき合う。

大根の漬け物を蒲鉾のように美味しがって食べ、たくあんを卵焼きのようにありがたがって頂戴する。そのような演技を大家に強いられた店子たちが、しだいに捨て鉢になってゆくさまが、笑いどころだ。

けれど、一寸の虫にも五分の魂と言うべきか、店子たちもひと筋縄ではいかない。俳句を詠んでくれと言われた店子のひとりは「花散りて死にとうもなき命かな」「散る花をなむあみだぶつというべかな」と縁起でもない句を詠んで大家の不興を買う。するとべつの店子が自ら手を挙げ「長屋中歯を食いしばる花見かな」という即興の句を披露するのだ。

容赦のない大家が月番を指名して酔っ払うようしつこく詰め寄ると、観念した月番が腹をくくって酔っ払いのふりをするところが本編のクライマックスだ。はじめは仕方なくお芝居をしていた月番が、自暴自棄も手伝って、アルコールも入らないのにしだいにその気になってゆくくだりには、滑稽さに加えて鬼気迫る凄みもある。


「さあ、酔った。貧乏人だ、貧乏人だってばかにするない、借りたもんなんざあどんどん利息をつけてけえしてやらあ」

「いいぞ、いいぞ」

「ほんとだぞ、大家がなんだ、店賃なんか払ってやらねえぞ」

これを聞いた大家が、「わりい酒だなあ」とあきれるナンセンスさは、落語の真骨頂だろう。月番の酔いっぷりに感心した大家は、ほかの店子に「おいおい、どんどんお酌してやってくれ」と駄目押しさえする。ナンセンスが暴走し、荒唐無稽さがエスカレートする展開の直後、噺はすとんと落ちる。


「さあ、こうなりゃあ、おれだけがひでえ目にあやあいいんだ。さあ、みんなのぶんもまとめて酔うからついでくれ。おっとっと……ずいぶんこぼしやがったなあ。もっとも、こぼしたって惜しいような酒じゃねえけど……さあ、飲むぞ、あっ、大家さん、大家さん」

「なんだ？」

「ちかぢかのうちに長屋にいいことがありますよ、きっと……」

「そんなことがわかるかい？」

「わかりますとも……」

「どうして？」

「茶わんのなかをみてごらんなさい。酒柱が立ってます」

5

「読んだよ、『長屋の花見』」

翌日の夜。閉店後のすみれ屋で、テーブルに向き合って座る紙野君にすみれはそう言った。昨日の約束どおり、夕食をつき合ってもらっているのだ。予告したように、ありあわせの食材で作った料理に、ワインを用意して。

「そうですか。そもそも、すみれさんは、落語のほうは？」紙野君が訊ねる。

「あんまり聴いたことない。『長屋の花見』も、内容は知らなかった」

「どうでした？」

「面白かった。古典なんていう言葉がついてると、つい身構えちゃうでしょう。学校で習った古文を思い出して。わたしは得意なほうじゃなかったから、ちゃんと読めるかじつは心配だったの。でも、杞憂だった。歌舞伎の古典の演目を観に行ったときは、ときどき解説が欲しくなったけど、落語はそんなことないんだね。すんなり入り込めたし、いま読んでもけっこう笑えたのがすごいなって」

紙野君がにこっとする。

「あれは俺も好きな噺です」

「もちろん誇張してあるんだろうけど、江戸時代って、あんなに家賃滞納しても店子も大家も平気だったのかしら」

「俺もあまり詳しくないんですが、江戸時代の大家は、不動産のオーナー、賃貸人じゃなかったみたいです。いまで言う管理人に近い役割ですか。店子から家賃を取り立てたり、物件の保守や修繕をしたりというのが仕事だったようで」

「ああ、だから家賃を滞納されても、直接は自分の懐が痛むことはなかったのか。ずいぶん鷹揚な大家さんだと思ったんだ」

「大家には役得があったと言います。長屋の共同便所に溜まった糞尿を肥料として農家へ売って得た代金は大家のものになった。これが、副収入と呼ぶにはばかにならない金額になったとか。ただ、『長屋の花見』の背景は、江戸ではなく明治時代です」

「え、そうだったの。そういえば、札で鼻をかむ、っていう言い回しがあって、あれ、って思ったんだ。たしか江戸時代にお札はないものね」

「巻末の解説に書いてありますが、あの噺、もともとは上方落語の演目なんです。タイトルはずばり『貧乏花見』。それを明治時代の落語家が移入して東京落語として生まれ変わらせた」

「解説、読んでなかった。明治時代なら大家さんはたんなる管理人じゃなく、オーナーだったかもしれないのか。じゃあ大家さんもやけになってた？　それにしても強引だよね」

「わるい意味での『大家といえば親も同然、店子といえば子も同然』っていう世界観ですかね。上方の『貧乏花見』では大家は登場せず、店子のひとりが旗振り役になってみんなで花見へ行くので、そこからして東京落語はちがっています」

「けっこうアレンジしてるんだ、東京版では」

「肝心のサゲもちがいますからね。オリジナルは酒柱のところでは終わらず、さらに先がある。お茶と漬け物に飽き足らなくなった店子のふたりが狂言の喧嘩をして取っ組み合い、ほかの花見客の宴席へ乱入して彼らを追い出し、そこにあった酒やご馳走をせしめ、長屋のみんなで飲み食いしてしまうんです」

「あら」

「一時避難していた宴席の人たちが戻ってきて、長屋の連中の策略に気がつく。一座の主人に当たる人は、相手は人数も多いし、もめ事になるのを嫌って静観しようとするんですが、座についていた幇間《たいこもち》が、酒の勢いもあったんでしょう、いいところを見せようと勇み足をする。ひと言言ってやらなきゃ気がすまないと、長屋の連中のところへひとりで乗り込むんですね。ところが、長屋の連中は、盗んだ酒やご馳走で宴会をしているのを指摘されても、いっこうに動じません。はいそのとおりと認めて、平然としている。居直ったんです。こうなると多勢に無勢、幇間も意気をそがれる。貧乏長屋の連中はもう怖いものなしです。幇間がいざとなったら得物にするつもりで持っていた一升徳利に目をつけると、どうぞそれで頭を叩き割ってくれ、さあ殺せと思いっきり挑発する。追い詰められた幇間は、返答に窮してこう言います――いやこれは、おかわりです、と」

「それが、落ち？」

「はい」

「うーん、なんだろう。すっきり笑えない感じ。ちょっと後味がわるい？」

「そう感じる人もいるでしょうね」

「『長屋の花見』を読んで印象に残ったのは、いくら貧しくたって、それをうじうじと気に病むんじゃなくて、なかばやけくそでも前向きに明るく笑い飛ばそうっていう江戸っ子の気《き》っ風《ぷ》っていうか、やせ我慢だったのよね。貧乏の悲哀をぐっと呑み込んで、どん底で、酒柱が立ってるっていう地口を飛ばしてみせる庶民の意地が、たんなるナンセンスに終わらせない凄みになってると思ったんだ」

「同感です」

「でも、やせ我慢じゃなく、本当に他人様のものを飲み食いして、見つかったら居直るって……おなじ噺でも、ずいぶん印象が変わってくるんだなあ」

「えげつない内容でも、達者な演者にかかると、突き抜けた面白さが出るんですけどね。東京の落語家でもオリジナルのサゲを活かした、言うなればハイブリッド版を演《や》った人もいます。ただ、乱暴な感想ですが、酒柱でさくっと落とす感覚は江戸っ子の呼吸に通じるのかなと思いますね。上方版だと、長屋の連中が身につけているのがちゃんとした着物でなく紙を貼り合わせたものだったりとか、ディティールもなかなかこってりしている印象がある」

「関西のほうが、料理の味つけは関東よりあっさりしてるイメージなのにね」

「本当だ。そこは不思議ですね」ところで、と紙野君が話題を転ずる。「すみれさんの味つけは、いつもながらに完璧です」

紙野君が噛み締めるように味わっているのは、エシャロットを混ぜてペーストにしたマッシュルーム入りのオムレツだ。塩コショウをしてバターで焼き上げ、削ったパルミジャーノ・レッジャーノを振りかけた。シンプルな料理だがそれだけに奥深い。

紙野君の言葉はすみれにはうれしかった。

「紙野君はいつも、わたしの料理、美味しそうに食べてくれるよね」

紙野君はオムレツを呑み下すとワインを口に含み、

「それは、美味しいからに決まってます」と真顔で言った。

「ありがとう」紙野君がむきになっているのが微笑ましく思えた。「でもね、肝心なことはわからなかったの」

「……肝心なこと？」

「紙野君がなぜ知穂さんに『長屋の花見』をおすすめしたのか」

紙野君は、ああ、というようにうなずいた。まるで自分が彼女に薦めたのを忘れていたかのような反応だ。

「教えてはくれないんだよね？」

以前おなじようなことがあったとき、すみれが訊ねても紙野君は理由を明かさなかった。すみれにはそれがちょっぴりいじわるに思えたものだ。

「おすすめした理由ですか？　いや、かまいませんよ」意外な答えが返ってきた。「考えてみてください。あの夜、知穂さんは――」

「ちょっと待って」

紙野君は不思議そうな顔をした。

「やっぱり、すぐ答えを聞いちゃったらつまらないな、って」すみれは釈明する。「知穂さんの話を聞いたとき、わたしなりに考えてみたんだよね。知穂さんが言っていたとおり、松下さんから連絡がない原因が知穂さんのあの夜の言動にあったとすると、それはなんだったのか。でもわからなかった。わたし、知穂さんはとても魅力的な女性だと思う」

彼女は明るくてユーモアがあり、気遣いもできて感じがよい。よく食べよく飲むが下品なところはなく、楽しいお酒だ。外見についても、彼女は自分を過小評価しているとすみれは感じている。知穂さんは清潔感があり、自分に似合った服装を心得ているし、自分で言っているほどぽっちゃりしていない。

すみれの言葉に紙野君はうなずいている。

「男性である紙野君の目から見ても、そう思う？」

「思いますよ。とてもキュートな女性です」

「やっぱりそうだよね」

すみれはわが意を得た気分だ。

「もともとブログで知穂さんのファンだった松下さんは、じっさいに会った知穂さんに好意を抱いたんだと思う。そんな松下さんも誠実ないい人だという気がする。一緒に食事をすると、相手についていろんなことがわかるでしょう。知穂さんがあの夜、最初から最後まで楽しく時間を共にしたという手応えを感じたのは、彼女の勘ちがいじゃなかった。彼女だけでなく、松下さんもおなじようにその時間を満喫したんだというのがわたしの意見。だから、知穂さんの話を聞いたとき、松下さんから連絡がないのは、知穂さんの問題じゃなく、松下さん側になんらかの事情があるんじゃないかと思ったの」

紙野君がうなずきながらすみれの話を聞いている。

「でも、紙野君は知穂さんに本をおすすめした。わたしが気づいていないなにかに紙野君は気づいているということ。そのヒントが『長屋の花見』にあるとすれば、それはなんだろうって。わからないながら、もしかしたら可能性があるかもしれないと思えるひとつの答えが出るには出たの」

「なんですか？」

「うん——あ、ちょっと待って。わたしが想像した答えを言うけど、紙野君はそれが当たっているかどうか教えないで欲しい」

「……どうしてです？」紙野君が首をかしげる。

「やっぱり、先に答えがわかっちゃったら面白くないかなって。勝手なこと言ってごめんね」

「いや、それは全然かまわないですけど……わかりました。すみれさんがそう言うなら」

「ありがとう」すみれは頭を下げた。「『長屋の花見』のキーワードは、紙野君が言ったオリジナルのタイトルにもあるように、ずばり、貧乏、じゃないかと思うんだよね。つまり、核心となっているのはお金。一緒に楽しく食事を共にして、会話も申し分なく盛り上がったのにそれでも懸念材料があったとすれば、経済感覚かなって」

「なるほど」

紙野君にあいづちを打たれて、すみれはおやっと思う。むしろ反対に、自分の推理がはずれているような気がしたからだ。だがつづける。

「松下さんは、自分のような年齢になると、結婚を意識せずに女性と交際することはあり得ないという意味のことを言っていたでしょう。つまり、恋人には、人生の伴侶に望むであろう条件なり資質なりを求めるということ。若い頃とはちがって純粋な恋愛感情だけでは関係を深められないというのは、大人として自然だよね」

「そうですか？」

「そうじゃない？」

「いくつになっても、損得勘定なしに恋愛に突っ走る人はいるような気がしますけど」

「……そうか。そうだね。そういう人も世の中にはいるか。あ、紙野君もあんがいそういうロマンティックなタイプかもね」

自分もかつては損得勘定とは無縁のまっすぐな恋愛感情を持っていたことを思い出しはしたが——つまり、久しくそうしたものを忘れているということでもある。けれど紙野君はすみれの言葉を否定しなかった。紙野君さすがだ、とすみれは思った。

「わたし、自分が現実主義者だからついその基準で考えちゃう。われながら色気がないなあ」

すみれもかつて、結婚を考えた恋人がいた。そこに至らなかったのは、突き詰めれば仕事を選んだからだ。結果、彼とも別れ、それからつき合った人はいない。

「松下さんはしっかり人生設計を考えている人だから、どこかで理性がブレーキをかけるはず。結婚相手には経済的な価値観を共有できることを条件にする人は少なくないと思うけど、松下さんはとくにそれを重視するタイプじゃないかしら」

「俺もそんな気がします」

紙野君に同意されて、今度はすみれは自信を深めた。

「知穂さんは、一軒目の蕎麦屋さんはけっして安い店じゃないって言ってたよね？　指南役のお友達は、知穂さんが注文を仕切って、男性である松下さんを立てなかったことがミスだったのではと指摘した。でもわたしは、それより、初対面の知穂さんが、食べたいものや飲みたいものを欲しいだけ注文する姿を見て、経済観念に不安をおぼえたというほうがありそうな気がする。それが、紙野君が知穂さんにおすすめした『長屋の花見』を読んでの、わたしなりの推理かな」

じっと耳を傾けてくれていた紙野君は、すみれが話し終えると深くうなずいた。ひょっとして、紙野君もおなじ意見だったのだろうか。

「紙野君の考えとおなじかどうか、いまは言わないでね」と念を押す。「紙野君が本を薦めたからには、知穂さんの件、まちがいなくなにか進展がある。そうでしょう？」

すみれの言葉は現実となった。

三日後、知穂さんがすみれ屋を訪れたのだ。

6

「いっやー、ありがとうございました、紙野さん！」

カウンターに座った知穂さんは、紙野君の手が空くと、満面の笑みでそう声をかけた。事情を聞かなくても、松下さんとの事態が好転したのだと一発でわかる。すみれはまずほっとした。

けれど、すみれの推理ははずれていたらしい。それからしばらくして話を聞ける状況になったとき、彼女は、すみれが思わず自分の耳を疑いたくなる、こんな発言をしたのだ。

「まさか松下さんが、お酒が飲めない方だったとは！　ほんと、いま考えると信じられないですよねえ、どうして気づかなかったのか。ほろ酔い姉さんの面目丸つぶれです」

松下さんは、生まれつき、アルコールをいっさい受けつけない体質の持ち主だったのだという。

「わたしのために気を遣って、お酒を飲むふりをしてくださったんですって。最初からそう言ってくれたらよかったのに」

そういうことだったのか——思わず声をあげそうになり、紙野君を見た。おどろいている様子はない。毎度のことながらお見通しだったらしい。

自分の予想がはずれ、すみれは一瞬脱力したが、あきらかになった真相への興味が勝った。

知穂さんによると、こういうことらしい。

松下さんは知穂さんのブログを読んで彼女のファンになった。メールのやりとりをするうち、知穂さんへの好意は深まってゆく。やがて、じっさいに会って話をしてみたいと思うようになった。

けれどひとつ大きな問題がある。

松下さんはお酒が飲めない。好き嫌い以前にそういう身体に生まれついたのだ。ほんのひと口飲んだだけで、二日酔いどころか三日目まで調子がわるくなってしまう、筋金入りの下戸体質。だがそのことを知穂さんには打ち明けていなかった。

知穂さんはほろ酔い姉さんを名乗るほどの酒好きだ。仲良くしている読書仲間の女子たちもみなアルコールを嗜む。知穂さんは、自分のブログのファンになってくれた松下さんは酒好きな人なのだと思い込んでおり、メールでも当然のように酒の話題に触れた。そこで、じつは自分は不調法で、と書くのは、興ざめもはなはだしいではないか。松下さんはそう考えた。知穂さんとの大事な接点をひとつ失うような気もするし、彼女のアイデンティティを否定するようにも思われたのである。

悩んだ末、松下さんは、自分も愛酒家であるかのように装い、メールで話を合わせた。一度嘘をついてしまうともう引き返せない。メールを重ねるごとに嘘は重みを増し、真実を明かすリスクはどんどん積み上がっていった。すみれにも思い当たることがないわけではない。けっして悪意に発しない嘘であっても、深みにはまると引き返せなくなるものだ。松下さんはそうなってしまった。

そこへ知穂さんから、ふたりでの飲み会のお誘いメールが来た。松下さんは選択を迫られる。真実を告白するか否か。苦悩の果てに彼が後者を選んでしまったのは言うまでもない。なにより、これまでの裏切り行為を開示することで知穂さんに軽蔑されるのをおそれたのだ。彼女を傷つけることにもなるだろう。知穂さんに会っても嘘をつき通す。松下さんは自分にそう使命を課した。

そして、そのためにはお店の協力が不可欠だという結論に達する。自ら店選びを引き受けたのは、それが理由だ。松下さんはネットなどの情報から候補の店を絞り込むと、客として訪れて事情を話して交渉し、最終的に一軒の店に決めた。それが知穂さんと行った蕎麦屋だ。

もちろん、松下さんが飲んでいたのは酒ではなかった。乾杯はハイボールではなくジンジャーエールで、それ以降は生ビールではなくノンアルコールビール。あらかじめお店のスタッフと打ち合わせをしたからこそ打てた芝居だったのだ。松下さんの計画は功を奏し、自分が下戸であることを最後まで知穂さんに悟られることはなかった。が、達成感とはほど遠い。

知穂さんが感じていたように、松下さんも、はじめて会ったとは思えないほど彼女と気が合うのを感じ、一緒にいると時間を忘れそうになるほど楽しかった。その楽しい時間をふいにしないためにも嘘を貫いたが、同時に後ろめたさもどんどん大きくなってゆく。松下さんにとって、知穂さんは結婚を前提に交際したいと思える女性だったのだ。だからこそ、知穂さんに人徳があると褒められたときは深い穴に落ちたように感じた。うまく嘘をつき通した結果、松下さんが得たのは知穂さんへの罪悪感と申し訳なさだけだった。

知穂さんとの会食を終え帰宅した松下さんは、自分のついた嘘の大きさに押しつぶされそうになった。堂々巡りの末、重い結論にたどり着く。このまま嘘をつき通すことができないなら、知穂さんから愛想をつかされ絶縁を言い渡される覚悟で真実を明かすしかない、と。松下さんにとって、それはつまり、自分のなかに芽生えた恋心に死刑宣告を下すにも等しい行為だ。早く打ち明けなくてはと思いながら、知穂さんからのメールに返信できずにいたのは、そのふんぎりがどうしてもつかなかったからだった。

「松下さんは結果的にはメールをくれたんですが、それは、紙野さんのおかげです」

知穂さんは紙野君とすみれに言った。

「知穂さんは、『長屋の花見』を読んで、松下さんがお酒を飲んでいないのに、そのふりをしていたということに気づいたんですね？」

そこに思い至らなかった自分のふがいなさを感じつつ、すみれは訊ねた。

「最初はわからなかったんですけど、何度か読み返して、もしや、って。でも、さすがに直接確かめるのもはばかられたので、自分のブログに読書感想文を上げたんです」

知穂さんは、「ちゃんと落語で聴いたことがなかった『長屋の花見』を薦められて書き起こしで読んだ」というタイトルで感想文を公開した。こんな文章だ。

野暮を承知であえてつっこませていただく。これはひどい。ひどすぎる話だ。わたしは、自分が酒を愛しているからこそ、飲み会で下戸の人に酒を強要するヤツはその瞬間に八大地獄に突き落とされてしまえとつねづね思っている。しかし、薄めた番茶を飲ませて酔ったふりを無理強いする輩（この大家のことね）もやはり外道を極めていると断じざるを得まい。おまけに周りじゃ大勢の花見客が本物の酒を飲んで浮かれてるんだぜ？　拷問でしょうこれは。酒飲みにとっちゃ生き地獄だよ。わたしが月番の店子なら、酒乱っていう設定で、酔ったふりして大家殴ってるよね。グーで。

しかしね、ここから先、意味わからん人のほうが多いと思うけども、もしも自分が知らずに、「長屋の花見」の大家みたいなことをだれかにしていたとしたら、それこそ酒飲みとしては最悪の経験だよ。少なくともわたしにとってはそう。一緒にいる人も酔ってないと楽しめないってのは酒飲みとしちゃまだまだ素人なんだよ。わたしくらいの飲んべえになると、そんなこたあいっさい気にしないの。それが理解してもらえないなら残念だけど、仕方ない。己の人徳の欠如を恨むのみ。

「後半は完全に松下さんひとりに向けて書きました」知穂さんが言う。

「お酒を飲めない彼が、わたしに合わせて酒好きのふりをしていた――これがわたしの思い込みにすぎなかったとしたら意味不明すぎるできそこないの自己陶酔ポエムですよね。もしわたしの想像どおりだったとしても、松下さんがこれを読んだらこいつは何様のつもりだと思われる危険性もきわめて高い。でも書かずにはいられませんでした。わたし、怒ってたんです。いわば酒飲みの矜持《きょうじ》から。それをわかってもらえないなら、恋愛がどうかとかいう以前に、友達としてもつき合えないよねって。松下さんに未練がなかったと言えば嘘になるけど、好きになった人にこそ正直でいたいじゃないですか」

知穂さんのまっすぐな言葉に、すみれは思わずうんうんとうなずいていた。

「でも！　そしたら！　記事を読んでくれた松下さんからメールが来たんです！」

その内容は、知穂さんの推理を裏づけるものだった。松下さんは、自分が知穂さんに嘘をついていたことを告白し、謝罪した。そうした理由についても記してあったという。そのうえで松下さんは、知穂さんに対して感じた好意を正直に吐露し、自分は唾棄すべき不誠実な人間ではあるが、知穂さんと会ったあの夜についた嘘はただひとつだけでしたと締めくくった。

たしかに最初、大きな嘘をつかれたのはショックだったけれど、そのメールを読んだら、知穂さんは胸がすっと軽くなったという。

「わたし――また、松下さんを飲み会にお誘いしようと思います。わたしはお酒を、松下さんはソフトドリンクを飲む飲み会です。もちろん美味しい料理と一緒に。お店は――もし松下さんさえよろしければ、すみれ屋さんで」

知穂さんは、晴れ晴れとした笑顔をすみれと紙野君に向けた。

「わたしはまちがっていたのね。でも、よかった」

すみれは紙野君に言った。閉店後、また夕食につき合ってもらっている。

「いや。すみれさんの推理も、筋は通っていたと思います。松下さんが知穂さんに対して、すみれさんが考えたように感じていた可能性もあった」と紙野君。

「でも、紙野君は、知穂さんの話を聞いて、松下さんがお酒が飲めない人だと思った。どうしてわかったの？」

「最初におやっと思ったのは、席の位置でした」

「席？」

「あの夜、松下さんは知穂さんを終始紳士的にエスコートしていましたよね？ 待ち合わせには早めに到着して自分が待つ。お店に入るときは自分で戸を開けて、先に知穂さんを通す。メニューは知穂さんのほうに向ける。会計も自分で持とうとした。歩道では自分が車道の側を歩くようにする。でも、そういうマナーやセオリーとは反する行為が、ただひとつだけあった。蕎麦屋で席に着くときです。ふつうなら、女性に奥のほうの席、壁があれば壁側の席を薦めますよね。松下さんはそうせず、自分が壁を背にする奥の席に座った」

「そういえば、そう言ってたっけ」

「自分で会計を持つつもりだから上座に座った、という考えもあるかもしれませんが、松下さんはそういうタイプの人ではなさそうです。つぎに違和感をおぼえたのは、酒の注文です」

「一杯目に生ビールじゃなくハイボールを頼んだことでしょう。あれはわたしも不思議だと思ったんだ」

「まあ嗜好は人それぞれだと思いますが、酒好きなら、蕎麦屋では日本酒を飲む人が多数であるという印象があります。さらに、知穂さんがそうしたように、一杯目は生ビールで、というのはメジャーな選択ではないでしょうか。ほかの店ならともかく、蕎麦屋で乾杯にハイボールというのはかなりの少数派じゃないかと。松下さんが一杯目にハイボールを注文したと聞いたとき、俺は、てっきり彼はビールが苦手なのかと思ったんです。酒飲みでも、ビールは得意じゃないという人はいますからね。でも、そうじゃなかった」

「二杯目以降はずっと生ビールを注文したんだもんね」

「それも最後まで。知穂さんの話では、五、六杯も」

「たしかにそこは違和感あったな。いまになってみると、ノンアルコールビールだったからだとわかるけど。でも、なぜ最初からそうしなかったんだろう？」

「松下さんは慎重な人です。念を入れたんでしょう。知穂さんが一杯目は生ビールを注文した。松下さんもノンアルコールビールを頼んだら、お店の人の手ちがいで、千穂さんの生ビールと入れ替わっていても気がつかない可能性が高い。ハイボールに見せかけたジンジャーエールなら、ふつうは氷も入っているし、まずまちがえる心配はありません。松下さんは、そこまで考えてわざわざハイボールがメニューにある蕎麦屋を選んだんでしょう。たとえばそれがべつのカクテルなら、酒好きでフレンドリーな知穂さんが万が一味見をしたいと言い出す可能性もある。が、ご存じのようにハイボールは正式にはバーボンをソーダ水で割ったもの。広い意味でウィスキーベースのカクテルだから、ウィスキーが苦手な知穂さんがそう言い出す心配もない」

「そこまで考えていたのか」

「推測ですけどね。ただ、そこで席の疑問にも理屈の合いそうな答えが浮かぶ。ふたりが行った蕎麦屋はオープンキッチンでした。厨房の様子が見える。ドリンクを作るスタッフが作業しているところも。知穂さんが店内を見える席に座ったら、ハイボールの代わりにジンジャーエールを、生ビールの代わりにノンアルコールビールを注いでいることに、気がついてしまうおそれがある。それを防ぐため、自分が壁側の席を取った。そう考えると、辻褄が合わないことはない」

「なるほどねえ」すみれは感心する。「乾杯のあと、知穂さんは日本酒を注文した。松下さんもそうしたら、彼女とおなじ酒を飲まなくてはいけなくなってごまかしようがない。それで自分は生ビールで通したのね」

「細かなことですが、日本酒についても、あれ、と思うことがありました。知穂さんがスタッフに日本酒を注文したとき、松下さんはすかさず、お猪口はひとつで、って補足してましたよね。あくまで俺の経験の範囲内ですが、日本酒を徳利で一合ずつ出すか、グラスで各人ごとに出すかっていうのは、日本酒にとくにこだわって品数をそろえているような店はともかく、訊いてみないとわからないことが多いという印象です。げんに知穂さんは、徳利ならご一緒しませんか、と松下さんに訊いている。つまり、メニューには明記していなかったということ。でも松下さんは、その蕎麦屋が徳利で日本酒を出すということを知っていた。もちろん、知穂さんが料理をチェックしたように、あらかじめネットでチェックしていた可能性はある。でも松下さんは、一杯目の注文をするとき、メニューを見てハイボールに気づいたような反応をした。矛盾しています。いろいろ考え合わせると、松下さんは本当にお酒が飲めないんじゃないかと思うに至ったんです。酒飲みのふりをするため、あらかじめ店を訪れてスタッフと打ち合わせをしていた、と考えると納得できる。おそらく、打ち合わせをしたのは女性スタッフだったんでしょう。だから、最初の一杯の注文を男性スタッフが取りに来たとき、ちゃんと打ち合わせどおり、ハイボールの代わりにジンジャーエールを持ってきてくれるか不安になって、少しあわてた。でも、運んできたのが女性スタッフだったので、安心してグラスに口をつけることができた」

紙野君はそこまで言ってワインを飲んだ。

「紙野君の話を聞いていると、どうして自分は気づかなかったのか不思議になってくる。飲食店の経営者として、悔しいわ。でも、まだ疑問があるの」

「なんですか？」

「松下さんは、お酒が飲めないのに、太田和彦や吉田類のエッセイ、それから、マット・スカダー・シリーズだっけ？　みたいに、酒にまつわる本を読んでいた。それはなぜなんだろうって。ほろ酔い姉さんである知穂さんに話を合わせるために勉強したのかな」

「これは完全に推測ですが、もともと好きで読んでいたんだと思いますよ。自分が酒が飲めないからこそ酒飲みの話が読みたいという感覚は、そこまで特異じゃないでしょう。本は、未知の世界への扉を開く鍵でもあります。知穂さんだって、高所恐怖症なのに、断崖絶壁やダムの写真を見るのが好きだと言ってましたよね」

「ああ、そうだった」すみれは納得する。「やっぱり紙野君はすごいなあ。洞察力のちがいを思い知らされるよ」

「そんなことはありませんよ」紙野君はすみれの作った料理を咀嚼して首を振る。

「知穂さんの話を聞いていて、松下さんは基本的にとても真面目で、恋愛に対して不器用な人なんじゃないかと思いました。だれかを好きになった結果、自己懐疑にとらわれて臆病になる。女心は杳として知れませんが、そういう男性の気持ちなら俺にも容易に想像できます」

紙野君みたいに、男女を問わず心の機微に通じた男性をほかに知らないので、すみれには意外な言葉だった。

ほとんど毎日、長時間一緒に過ごして、紙野君に、ストレスらしいストレスを感じたことがない。ビジネスパートナーとして気を遣うポイントがお互い似ているということもあるだろう。しかし、すみれも、大学を卒業してからいくつかの組織で働いてきたが、男性の仕事仲間に対して、こちらが女性で相手が男性であるがゆえの行きちがいをたびたび経験してきていた。

優劣とは関係なく男女間には性差があるとすみれは考えており、たぶん男性も自分に対しておなじように感じる局面はいくつもあっただろうと推測できる。しかし、紙野君に関してはほとんどそう感じることがなかった。仕事以外の人間関係、友人やかつての恋人まで含めても、紙野君のような男性は稀少だと言える。

すみれはそこで、ひょっとすると自分が気づかぬうちに紙野君に必要以上の気配りを強いてしまっている可能性があることに、知穂さんと松下さんの話との連想で思い当たった。紙野君は優しい人だ。年下の紙野君に、すみれはたびたび包容力を感じることがあった。自分がそうしている以上に、紙野君はすみれのことを気遣ってくれているのかもしれない。

公平に言って、紙野君は男性としても魅力的だろうと思う。誠実さや、それによってもたらされる安心感といったものは女性が恋愛の対象としての男性に求める根底だろう。紙野君にはそれだけでなく、どこかミステリアスなところもあり、ふいに、ふだんのクールさとはギャップのあるかわいらしさを見せることもあった。ちょうどいまのように。知穂さんが自分を過小評価しているように、紙野君でさえ自己卑下することがあるのだ。

紙野君がけげんそうな目をこちらに向けて、すみれは、自分が知らず頬をゆるめていたのに気づいてはっとした。顔に動揺が浮かんだのだろう。紙野君がすみれをじっと見て、声をかける。

「どうしました、すみれさん？」

自分でもなにをしているのかきちんと把握しないまま、すみれは座っていた椅子から立ち上がっていた。紙野君がいよいよいぶかしげな表情になって、すみれの顔を覗き込んだ。すみれは目をそらし、

「あ、こ、これは……」とっさに、ちょうど中身が空になったワインボトルをつかんで、こう言った。「おかわり、取ってきます」

書店員の本懐

1

その女性はいつもひとりでやってきた。

見たところ二十代なかば。小柄でどちらかといえば痩せ型、栗色の髪の毛は前髪を眉毛のかなり上のところで弓なりにカットし、後ろは肩にぎりぎりつかない長さでボブスタイルにしている。いわゆる前髪ぱっつんという髪型だ。色白で目は小動物のようにくりっとして、その下のりんごのようなチークはなんともメルヘンチックだが、すごいのは違和感を感じさせないところだ。

はじめて訪れたときは、襟つきの白いブラウスのボタンを一番上まで留めて、ゆったりしたブルーデニムのスカートを白いスニーカーと合わせていた。その後の装いも、カジュアルだがどこか個性的で、しかし先鋭的になりすぎずかわいらしいところが共通していた。

一度目はランチだったが、ディナータイムにも来店した。最初に来たとき、「写真を撮ってもいいですか」と確認し、すみれがどうぞと答えると、スマホではなくコンパクトなデジタルカメラで料理やドリンクを写した。

SNSが盛んないまどき、スマホで写真を撮る人はとくに女性に少なくない。けれど、スマホに内蔵されたカメラの高性能化が進んだ昨今、小さいとはいえデジタルカメラを持ち歩いている人は少数派だ。それで印象に残ったのだが、彼女はそれからも間を置かず二度、三度とすみれ屋のゲストとなった。

写真を撮るばかりではない。じっくりと料理を味わっては、小さなノートに熱心にメモを取っている。グルメ投稿サイトやブログで詳細なレビューを公開している人なのではないかというのがすみれの推測だ。開店当初は近所の人が多かったが、最近ではネットの情報を見て来たというお客様も少なくない。

すみれ屋はこれまで、ネットのキュレーションサイトに一度、情報誌に一度、取り上げられている。体感として、ネットの影響力は雑誌に勝るとも劣らない。無料で見られるものがほとんどだし、紙の雑誌とちがってたいていはいつまでも情報にアクセスできるからだろうか。

個人が簡単に情報発信でき、たちまちのうちにそれが拡散するいまの時代、飲食店の経営者はネットの口コミに敏感にならずにはいられない。〝前髪ぱっつん〟の彼女のようなお客様にはすみれも緊張するものの、とはいえやることはいつもと変わらない。料理を作って提供する仕事はいつでも真剣勝負だと思っているからだ。前髪ぱっつんの彼女も、やはりそうした心構えを汲んで料理と相対してくれているようにすみれには思えた。

すみれは接客においていくつか自分なりのルールを守っている。たとえ常連客であっても、お客様になれなれしくしないというのはその重要なひとつ。飲食店、とくにすみれ屋のように、夜にはアルコールも出す店のなかには、フレンドリーな接客を売りにするところもある。店主やスタッフの魅力でリピーターを獲得するスタイルだ。しかしすみれは、こちらからはお客様に必要以上に働きかけないように気をつけている。自分にとってそれが快適だし、自分が客の立場だったとしてもそういう店が好きだからというのがその理由だ。

前髪ぱっつんの彼女が四回、五回と足を運んでくれるようになると、すみれは「こんにちは」あるいは「こんばんは」と笑顔で出迎え、「いつもありがとうございます」と送り出したが、こちらからはそれ以上声をかけずにいた。店のスタッフとのコミュニケーションを楽しむのが好きな人であれば、自分のほうから会話を投げかけてくるものだ。しかし彼女は笑顔で挨拶をし、「ごちそうさまでした」と帰って行くだけで、会話のきっかけを求めているようには見えなかった。


思い出す。

新卒で勤めた企業を辞めたのをきっかけにカフェの経営者を志したすみれは、準備の段階でカフェをかけ持ちして修業しながら、休日には研究のために食べ歩いた。当時の自分もやはり彼女とおなじように、目の前の料理をただ味わうだけでなく、盛りつけや味、素材から調理まで、学べる情報はなんでも吸収し尽くしてやろうという意気込みと集中力とで向き合っていた。彼女がしているように、許可を得て写真に収め、詳細なメモを取って。

すみれが記憶するかぎり、前髪ぱっつんの彼女は、はじめて来たときから、つねにメニューが重ならないよう注文している。開業に向けて飲食店を食べ歩いていた当時、おなじ店をリピートしたすみれがそうしていたように。

彼女も飲食業を志し、研究のためにすみれ屋に通ってくれているのだとすれば、光栄な話だ。

あとでわかったことだが、すみれのこの予想はある意味では的中していた。が、それを超えるものでもあったのである。

七回目に店を訪れたとき、彼女ははじめてすみれに声をかけてきた。

来店したのはランチタイムのピークを過ぎた時間だった。オーダーしたのは、フィリーズチーズステーキサンドイッチ。ロングロールのパンに、牛肉と玉葱の薄切りを鉄板で炒めた上にたっぷりのチーズをかけとろけさせた具材を挟んだものだ。フィラデルフィア発祥の、アメリカではメジャーなサンドイッチだが、日本で本格的なものを食べられる店はまだ少ない。

すみれ屋ではランチメニューに日替わりでサンドイッチを提供しているが、フィリーズチーズステーキサンドイッチはとくに人気が高く、定番と呼んでいいひと品になっている。付け合わせはベビーリーフやラディッシュのサラダと自家製ポテトチップス。カロリーはけっして低くないが、女性客にもファンは多い。

前髪ぱっつんの彼女は、いつものように写真を撮り、メモを取りながら集中して食べていたが、この日は会計をすませたところで、すみれにこう言った。

「フィリーズチーズステーキサンドイッチ、最高に美味しかったです」

彼女の声はいくぶん鼻にかかっていたが、見た目から受ける印象よりは低い。

「ありがとうございます」

「ほかのメニューも全部美味しかったですが、このサンドイッチはほかのお店では食べられない味だと思います」

彼女は目をきらきらさせて長身のすみれを見上げている。

「そう言っていただけるとうれしいです」すみれは微笑んだ。

「オーナーの玉川すみれさん、ですよね?」

「そうです」

「わたし、森緒《もりお》ほまりと言います」そう名乗った彼女は、ぺこりと頭を下げ、「あの、こちらのお店、スタッフは募集していないんですか？」

「――いえ、募集はしていませんが」

「わたしを、雇っていただけませんか？」

森緒ほまりさんは、すみれの目をまっすぐに見て言った。

「わたし、いつか素敵なお店を持つのが夢なんです。わたしを――弟子にしてください」

向こうで、カウンターの食器を下げた紙野君がこちらを見ているのが、目の端に映った。

2

「どうして断ったんですか？」

ランチとディナーの間のアイドルタイム、すみれがディナーに向けての仕込みと準備をすませるのを見計らったかのように、紙野君が言った。紙野君は、すみれが作ったまかないの昼食を終え、食器を洗って片づけたところだった。

「森緒さん――さっきの女性のこと？」ペリエを飲みながらすみれは訊ねる。

「ええ」

「紙野君に言ったとおり、最初からひとりでやるつもりだったし、人を雇うのはいろいろ難しいから――あ、紙野君は、彼女を雇ったほうがいいと思った？」

経営にまつわることでこんなふうに面と向かって訊ねられた記憶はない。質問の意図が気になった。

紙野君は、立ったまま、すみれのほうに向き直る。

「カフェと古書店は独立採算制。ふたりで店を起ち上げるときそう決めて、契約書も交わしました。ただ、俺の古書店はすみれさんの店に間借りする形になっています。すみれさんのほうが大きなリスクを負っている。それもあって、すみれさんの方針には口を出さないようにしてきました。でも、いまのすみれさんの質問への答えは、イエス、です」

ついにこのときが来てしまった、とすみれは思う。

「……回ってないからだよね、やっぱり？」

「はい」

古書カフェすみれ屋は開店した当初からすみれと紙野君の二人体制だ。すみれはすべての料理を作り、紙野君はドリンクと食器の片づけ、食器洗いを担当し、接客は空いているほうが行うという分担だ。前職が新刊書店の店員だった紙野君は飲食店で働いた経験はなかったが、開業前、そのためにカフェでアルバイトをしたこともあり、すぐ仕事に慣れて頼れる戦力になった。

ありがたいことにすみれ屋の営業は軌道に乗り、現在ではランチタイムはほぼ毎日満席になり、外でお客様が待つのが当たり前になっている。ランチメニューは日替わりの二種類なのでなんとか対応できる。が、開業当初は比較的余裕のあったディナータイムも最近では満席が当たり前になって、こちらはメニューの品数も多く手間もかかり、アルコールを注文するお客様が多いとてんてこまいになって、すみれと紙野君が大車輪で働いても、オペレーションが滞る時間帯がしばしば発生するようになっていた。

よく食べよく飲んでくれるお客様が多いからこその贅沢な悩みだが、繁盛していると喜んでいられる事態ではない。お客様にとってみればストレスであり、顧客満足度に直結する重大なマイナス要素だ。店にとっても、停滞している時間だけ機会損失していると言える。

紙野君は一度もすみれに弱音や文句を口にしたことはない。自分の仕事に全力を注ぎ、可能なかぎりすみれのサポートをしてくれている。紙野君のいまの発言が彼自身のためではないとすみれは確信している。お客様や店を思っての発言だろう。

「でも、それだけでもありません」

「というと？」

「森緒さん、でしたっけ？　すみれさんの料理を、彼女ほど熱心に、集中して食べている人は見たことがない。ほかではなく、すみれさんの下で修業したいという本気の情熱を感じました。彼女なら、一所懸命働いてくれるんじゃないかなって」

紙野君の言葉に、すみれは黙り込む。

人を雇わないのには理由がある。ひとつは経費だ。すみれは慎重派である。経営はいまのところ順調だが、それがいつまでもつづくという保証はない。飲食店を継続するのは難しいのだ。いざというときのために、少しでも多く余裕を持っておきたい。人件費は経費のなかでもばかにならない割合を占めるし、人を雇えば、経営が厳しくなったからといって簡単に経費を切り詰められない。その代わりにたとえば食材の原価率を下げれば、お客様にしわ寄せが行くことになる。住宅街にあるすみれ屋のような個人店では、リピーターとなってくれるお客様の顧客満足度が命運を左右する。

もうひとつの理由はすみれの性格にある。すみれは本質的にチームプレーヤーではない。中学高校時代に所属していた部活は水泳部で、もっぱら個人競技に励んでいた。友人と遊ぶのも楽しいが、ひとりで行動するのも好きだ。仕事でも、ひとりでこつこつやる作業のほうが夢中になれた。勤めていた会社をリストラされたとき、再就職にこだわらず、独立開業の道を選んでも、友人や家族はそれほど心配しなかった。周りからも、自立心が高くマイペースな人間と思われていたのだとそのとき気づいた。

飲食業は肉体労働だ。料理が好きでこの仕事をはじめたすみれは、週に一度の休みを除き、毎朝早くから仕込みをはじめ、閉店後も片づけと仕込みに追われる生活をつづけているが、自分のペースでやっているのでまったく苦にならない。あまり得意な分野ではない掃除については、ありがたいことに紙野君のほうがこまめにフォローしてくれている。

営業時間中も、紙野君のアシストは頼もしい。ふたりだけで切り盛りしている以上、忙しい時間帯ほどコンビネーションが大事になってくるが、時間を積み重ね、修羅場と呼べるようなピークを何度も経るうちに、お互いの呼吸がどんどん読めるようになってきている。あえて声をかけずとも、大半のやりとりはアイコンタクトだけで通じ合えるのではないかと思うくらいだ。お客様にあわただしさを感じさせないようにしつつ、接客を可能なかぎり手早くスムーズに回す。すみれが掲げる理想のハードルは大半の同業者よりずっと高いはずだが、文化系男子の紙野君は根が体育会系のすみれによくついてきてくれている。

すみれと紙野君、ふたりでのオペレーションはかなりの練度と精度をもって完成しているという自負があった。ピーク時に時として接客スピードが停滞するのはキャパシティオーバーが一時的に発生しているからで、それ以外の時間帯はこれ以上ないほどうまくいっているという手応えも。

いまここに下手に人を加えたからといって、それがすぐサービスの質の向上につながるとも思えないのだ。すみれ屋にはすみれ屋なりのやり方があり、それをしっかり身につけてもらうまでには時間がかかるだろう。教える時間はそのままロスになり、すみれと紙野君の緊密な連携のリズムさえ乱れるおそれもあった。そうなればむしろ顧客満足度は下がるのではないか。

プラスとマイナスを考え合わせると、すみれの判断はどうしてもマイナス側に傾いてしまう。紙野君は、森緒さんのことを気に入ったのだろうか。長身で肩幅もあって女性らしい体型とは言えず、昔からあまりかわいいという褒め言葉を言われたことのないすみれは、自分とは対照的に思える小柄な森緒さんの姿を思い出しながらふとそう考えた。

「紙野君の言うとおり、もし人を雇うなら、彼女みたいに、食べることに真剣な人がいいとは思う。わたしの料理も気に入ってくれたみたいだしね。でも——やっぱりまだ人を入れるつもりはないわ。どうしてもリスクのほうが大きく感じられてしまう」

すみれは紙野君に言った。紙野君はしばらくすみれを見つめていたが、「わかりました」とうなずいた。

悩みを抱えた紙野君の後輩、堺君《さかい》がやって来たのは、その日の夜だ。紙野君とすみれが知り合った、カフェを併設した新刊書店。堺君はそこでいまも働く書店員だ。すみれも親交がある。すみれ屋がオープンしてから、三度、来てくれていた。これまではいつも友人と連れだっていたが、この日ははじめてひとりでの訪問だった。

堺君は紙野君よりさらにほっそりしていて、白いシャツに紺色のコットンパンツというのが基本のスタイルだ。店で働く恰好からエプロンを引いたそのままのコーディネート。紙野君とおなじように眼鏡を着用しているが、紙野君よりもだいぶかっちりした印象を受ける。すみれが知るかぎり、外見どおりおとなしく真面目な男性だ。書店員には男女を問わずそういう人が多い。

「どう、元気?」

カウンターに座った堺君に、彼の最初のオーダーであるクラフトビールを運んで、紙野君は声をかけた。

「ええ、まあ」堺君の返事は歯切れがわるい。そこで思い出したように、「あ、紙野さん。夏目漱石の作品に、『イイン』っていうタイトルの小説って、ありましたっけ?」

「『イイン』……?」

「病院の『医院』らしいんですけど」

紙野君は少し考えた。

「聞いたことはないな。俺も全部知っているわけじゃないけど」

「ですよねえ。検索しても出てこないし」

「でも、どうして？」

「お客様の問い合わせです。受けたのは僕じゃないんですが。あっ、ごめんなさい。お忙しいところ」

「ゆっくりしていってね」紙野君は堺君にそう声をかけ、カウンターを離れた。

それから一時間ほどの間に、堺君は、クレソンを添えたベーコン入りポテトサラダをつまみに、その日メニューに載せたクラフトビール三種類をひととおり飲んだ。書店員には真面目な人が多いが、お酒好きも多い。

すみれと紙野君に少し余裕ができたのは、堺君が酒をカクテルに変え、スモークサーモンとクリームチーズのタルティーヌを注文したあとのことだ。

「美味しいですね、このタルティーヌ。チーズがすごく軽くて」

堺君がすみれに言う。

「ほんと？　サワークリームも混ぜてあるからかな」

スライスして軽くトーストしたカンパーニュに、サワークリームを混ぜたクリームチーズを塗り、スモークサーモンを隙間なく並べ、オリーヴオイルとワインビネガーでマリネした玉葱のスライスとケッパー、そしてハーブのディルを載せる。すみれはチーズの量を加減して、前菜としてもメインとしても食べられるようなボリュームに仕上げていた。

「うん、このモヒートもいける」堺君は紙野君のほうを向く。「カクテルの腕、上げたでしょう、紙野さん」

「そうかな。そっちこそ、お愛想が上手になったんじゃない？」

紙野君の軽口に、堺君は予想外の反応をした。表情を曇らせたのだ。

「いや、僕はどうしても、そういうのは得手じゃないんですよねえ。書店員にも必要なのかなあ、そういうスキルって」

紙野君が、作業している手を止めた。

「……なにか悩みがあるなら、聞くよ。仕事の合間でよければ」

すると堺君が顔を上げ、困ったように笑った。

「やっぱり紙野さんには、嘘がつけませんね。連絡もせずにお邪魔したのは、ぎりぎりまで来るか迷ってたからなんです。紙野さんが店を辞めるとき、あとは自分たちに任せてください、って送り出したのに、じつはいまちょっと仕事でめげてまして。だれかに相談したいなと。真っ先に浮かんだのは紙野さんです。でも、一緒に働いていた頃ならまだしも、もう辞めて新天地で活躍されている紙野さんにそんなこと言うのも失礼な話かもしれないなって」

「水くさいな」紙野君は笑った。「そういう言い方されると、少し寂しいんだけど」

「紙野さん……」堺君が紙野君をまじまじと見る。ちょっと涙目だ。「ふがいない後輩に、ありがとうございます」


堺君が、紙野君の作業の合間を縫って話したのは、こんなことだった。

堺君の勤める店に、三ヵ月ほど前、新人が入ってきた。日向《ひゅうが》君という、堺君より三歳年下になる二十五歳の男性だ。すらりとした長身でルックスもよい、いわゆるイケメンで、ヘアスタイルといい服装といい、書店員というよりもアパレル関係のように見える方向でファッショナブル。それもそのはず、前職は美容師だった。専門学校を出てヘアスタイリストになったものの、その後、薬剤などによるアレルギーが発症し、仕事をつづけられなくなった。転職を考えたときに浮かんだのが書店員だったという。子供の頃から漫画を読むのは好きだったというのがその理由だ。

書店に併設されたカフェでバイトした経験から、そういうわりと軽い動機で書店で働こうとする人が多いことをすみれは知っている。同時に、書店員というのが、それまで思っていた以上に大変な仕事であることも学んでいた。

まず、飲食店以上に肉体労働である。一度でも引っ越しを経験すればわかると思うが、本をまとめて詰めた段ボール箱は、その道のプロである引っ越し屋さんが警戒するほど、重い。書店には、取次《とりつぎ》という、出版社と書店をつなぐ問屋のような業者から、ほとんど毎朝のように、本や雑誌がぎっしり詰まった大量のコンテナや段ボール箱が搬入される。これを運んで棚出しするのが、男性も女性もなく、早番の書店員がまずやるべき仕事なのだ。

人によっては、これだけで一日分の体力のかなりの部分を消耗してしまうこともあるという。すみれが知るだけでも、この作業のため、ぎっくり腰を患った書店員がひとりならずいた。

棚出しだけではない。すみれも書店で働いてはじめて知ったのだが、ほとんどの本は委託販売制を採っていて、書店は、売り切れない本を取次を経由して出版社に返品できる。当然ながら、搬入される大量の本がすべて売れるわけではないので、毎日、返品する本も大量に出る。ここでも本がぎっしり詰まった段ボールを運ぶ作業が生じる。

本屋さんと聞くと、なんとなく知的で牧歌的なイメージが浮かんでくるが、そこで働く人たちは日々過酷な肉体労働をこなしているのである。まずこの肉体的なきつさに音を上げて仕事を辞めてしまう人さえいるという。

待遇の問題もある。本というのは、小売業のなかでも非常に利幅の薄い商品として知られている。そのせいもあってか、給与などの条件もあまりいいとは言えないのが現実で、大手チェーンでも、店舗によっては正社員はごくわずか、あとはほとんどがアルバイトだったりすることも珍しくないらしい。

日向君は新卒でも業界経験者でもなかったが、アルバイトではなく契約社員として中途採用された。堺君が勤める書店はそれなりの規模のあるチェーン店だが、そんな事情を鑑みると、なかなかの抜擢ということになるらしい。この採用は、守りより攻めの経営、をモットーとするまだ若くアグレッシブな店長の独断による。書店員にはあまりいないタイプの日向君に、新風をもたらす可能性を見出した、と堺君に語ったそうだ。

店長は、日向君の教育係として、社員である堺君を任命した。

書店員はふつう、働いている店で自分の担当となるジャンルを割り振られる。理工書、コミック、ビジネス書、地図ガイドなどだ。堺君は、文芸書を担当している。日向君はその下で書店員の仕事を学ぶことになったのだ。

「前職が毛色の異なる業種だったので、地道な作業の多い書店に向いているか不安だったのですが、杞憂に終わりました」

日向君は呑み込みが早く、教えたことはすぐできるようになった。趣味がスポーツ全般という彼は、体力的にも申し分なく、ほかの書店員の軽く一・五人分の肉体労働をこなした。気が回るので言われたことだけでなく、必要なことを積極的にどんどんやる。申し分のない働きぶりだった。

「勤務時間内だけではなく、それ以外でも書店員の仕事に真面目に取り組んでくれました。読書量が足りないからと、担当になった文芸書を買って、勉強をはじめてくれたんです。書店員はやっぱり、担当するジャンルに通じていないとはじまりませんからね」

ここまで聞いていたすみれには、堺君がいったいなにを悩んでいるのか見当がつかなかった。そんなやる気のある優秀な新人が入ってくれたなら、問題などなさそうではないか。

「えーと……話しているうち、自分の悩みがものすごくちっぽけで情けないことに気づきはじめているんですが、つづけてもいいですかね、紙野さん？」

「もちろん」紙野君はゆったりと応じた。

「ありがとうございます。日向君は、人間的にもとても好感が持てる人物で、僕の悩みはだから、彼が問題というわけでないんです。言いづらいんですが、正直に認めます。僕の悩みはずばり、日向君への一方的な嫉妬です。恋愛関係とかではなく、いち書店員としての」

「へえ。意外だな。そういうタイプじゃないよね」

「そうなんです。自分でもまさかこんな感情に悩まされるとは思っていませんでしたが、原因ははっきりしています。POP《ポップ》です」

書籍という商品はすでに完成されていて、ここに手を加えることはできない。しかし、意欲的な書店員は、自分が担当するジャンルの棚を、書店を訪れた客にとっていかに魅力的なものにするか、日々工夫を重ねている。お目当ての本にスムーズにアクセスできるよう手を入れるのは基本だが、それだけでなく、広く読まれるべきだと思う本を、ひとりでも多くの客に手に取ってもらえるよう仕掛けを施す。そのひとつがPOPだ。店頭で展示する販促ツールのなかでも、個々の本に焦点を当て、キャッチコピーを記したものをそう呼ぶ。出版社が配布する場合もあるが、書店員が自作することが多い。

堺君が同僚から、「ミスターPOP」の異名でも呼ばれる書店員だったことをすみれは思い出す。

堺君は毎日のようにこつこつとPOPを書いては売り上げに結びつけていた。彼が書いたPOPはチェーン全体で使われたり、出版社の営業マンからほかの書店でも使わせて欲しいとオファーを受けたりしてきたのである。すみれもいくつか目にしたことがある。みじかいキャッチコピーにつづいて、本の内容の要約や読みどころの紹介、そして堺君自身の熱気のこもった感想、というのが基本的な構成だ。POPの紙片を埋め尽くす手書きの文字には、おすすめする本への堺君の情熱があふれている。すみれも彼のＰＯＰを見て本を買ったことは何度かあり、いずれも期待は裏切られなかった。

さて、仕事熱心な新人である日向君は、教育係である堺君にならって自分でも仕掛けたい本のＰＯＰを作るようになった。そして、彼にはこのＰＯＰ作りに天賦の才があったことが判明するのである。

日向君の作るＰＯＰは特徴的なものだった。多くのＰＯＰは、堺君が作るそれのように、キャッチコピーや、書店員の感想など、文字を中心に成り立っている。しかし日向君のＰＯＰに文字はほとんどない。ほぼビジュアルだけで構成されているのだという。

たとえば、とあるミステリーのＰＯＰはこうだ。アコースティックギターの形に切り抜かれた紙に、ギターの胴体の穴から赤ちゃんがひょっこり顔を出している、リアルなカラーイラスト。ＰＯＰの下部に、そのイラストが示す本の題名が小さく書かれている。文字情報はそれだけだ。

「彼が作るＰＯＰのほとんどがそんな感じです。印象的なビジュアル、イラストなり写真なり、ときには紙細工で立体を作ったり。そこに本のタイトルだけか、あるいはコピーがあっても『読んでね』とか『気になった？』とか『あはっ』とか、文章未満といっていいようなわずかな語句があるだけなんです。ある意味不親切きわまりない。

でも——売れるんです。彼がＰＯＰを書いた本は」

そう言う堺君の顔には、複雑そうな表情が浮かんでいる。

多くの場合、日向君が作るＰＯＰのイラストと、売ろうとしている本の表紙のデザインとの間には、見たところなんの関連性もない。ＰＯＰを見た客は、はてこれはいったい本のどんな内容を示しているのだろうと疑問と興味を抱いて手に取ってみたくなる。まずは手に取らせることがＰＯＰの至上命題だとすれば、日向君の打率が高くなるのにはそんなメカニズムが働いているようだ、と堺君は分析した。しかも、じっさいに購入にまでつながっている。

「われながら恥ずかしいし、本当に情けないと思うんですが、それを素直に喜べない自分がいたんですよね」

堺君は弱々しい笑みを浮かべた。

彼がこつこつとＰＯＰを書きつづけることで築き上げてきた地位は、ビビッドなイラストを武器に彗星のごとく出現した日向君に、名実ともに奪われてしまったのだ。日向君のＰＯＰは人目を惹いただけではない。売り上げ冊数という数字のうえでもそのほとんどが堺君がＰＯＰをつけた本を上回ったのである。

その効果に目をつけた本部によって、今度は日向君のＰＯＰのカラーコピーがチェーン全体で使われるようになった。さらに、とある出版社が企画したＰＯＰのコンテストで、日向君が応募したPOPはグランプリを獲る。日向君は表彰されたうえ業界紙から取材を受け、カリスマ書店員としてネットのニュースでも紹介された。写真映えのよさに加え、ユーモアもある的確なコメントで、日向君は記事の面白さに一役買っていた。おなじコンテストに応募していて入選もしなかった堺君が敗北感にとらわれたのは不思議でもなんでもない。

「彼はすごいんです。人当たりもいいしコミュニケーション力も高いので、POPを通じてお客様のなかにファンができ、常連さんたちからじかにおすすめの本を聞かれるようになったりして、もうちょっとしたアイドルみたいになってますし。書店員としてSNSのアカウントを作ったら、それを通じて作家さんたちともどんどん仲良くなって、サイン本を作ってもらったりもしている。僕にはとてもまねできません」

堺君が口を引き結んだ。

「書店はいま難しい時代を迎えています。ここ数年でますます数が減っていっている。日向君のような実力を持った人が新人として来てくれて、戦力となってくれることが、どれほど頼もしいか。おなじ店で働く同僚として、なによりそれ以上に、ひとりの書店員として、日向君のような人がこの業界に入ってくれたことは本当に喜ばしいことだと思っているし、感謝もしているんです。ただ、彼を見ていると、自分がとても非力に思えて――」

堺君はそこで肩を落とした。

「これまで自分が書店員としてこつこつやってきたことはなんだったのだろう——そんなふうに思ってしまって。僕は絵心もないし、口下手なほうだし、ＰＯＰを作るにしても、本の内容についてできるかぎり紹介するのがＰＯＰの役割だと思っていたんです。けれど、ＰＯＰも書店にあふれ返っているいま、もうそういうやり方は時代遅れなのかな、とも考えてしまったり……」

堺君が言葉を途切らせる。

「……そうか」紙野君が言う。

堺君が顔を上げた。

「なんか、たんなる愚痴っていうか、弱音になっちゃいましたね。もっと重大な悩みを抱えてる人からしたら、悩みのうちにも入りませんよね。弱音吐いてる暇があったら、一冊でも多く本を売れってだけの話でした。すみません。こんな話、書店の仲間にはとても言えなくて……でも、紙野さんに聞いてもらったら、だいぶ楽になりました。ありがとうございます」

紙野君はしばらく考えている様子だったが、口を開いた。

「ところで、最初の話だけど、あれ、どういう問い合わせだったの？　夏目漱石の」

「あ、それは——日向君が今日、店頭で受けた問い合わせです。僕はその場にいなかったんですが。お客様の問い合わせのなかには、要領を得ないというか、雲をつかむようなものもしばしばありますけど、そのひとつというか。問い合わせてきたのは、作業着姿の中年男性だったそうなんですが、夏目漱石の『医院』っていう本はないか、と訊ねられたそうで」

問い合わせを受けた日向君は、パソコン端末でそういう名前の書籍を検索した。が、夏目漱石の著書にそのタイトルは見つからなかったので、そう答えた。すると男性は興奮した様子でこう言ったという。

「そんなわけないだろ。ちゃんと探してくれよ。中学生の息子に頼まれたんだよ。どっかになくしちまったけど、俺にもちゃんとわかるようこれで題名のメモ書いてさ」

男性は胸ポケットに入っていた油性ペンを見せ、確認するようにほかのポケットを探った。が、やはりそのメモというものは見つからなかったようだ。

「俺は学のない人間だけど、あいつは俺とちがって出来がいいから、まちがえっこねえ」

日向君は検索画面を見せて、そういう題名の本がないことを示したが、男性は納得しなかった。

「こんな機械なんかに頼らなくても本を見つけるのがおたくらの仕事だろ。ちゃんと探してくれよ。そうだ、なんか医者が出てきて人が死ぬって言ってたな。悪徳病院の話か？　とにかく、また来るから、それまでにちゃんと見つけておいてくれ」

　そう言い残して帰ったという。

「なるほど」紙野君が言った。

「あ……ひょっとしてあるんですか、そういう本？　稀少な古書とか？」

「ちがうよ。でも、その人が探してる本は、わかったかもしれない」

「えっ――なんですか？」

　すると紙野君は、即答する代わりにその場を離れ、古書スペースへと向かった。書棚から一冊の本を取り出すと、けげんそうに目で追っていた堺君の傍らに立って、その本を差し出し、こう言った。

「この本、買ってもらえる？」

　堺君は目をぱちくりさせ、紙野君を見、彼が持っている本に目を落とし、それを受け取った。Ａ５判を横に広くしたくらいの大きさのソフトカバーだ。

「『脳の右側で描け』……」堺君は手にした本をぱらぱらとめくり、当惑げにつぶやく。「デッサンの描き方の教本ですか？」

「そう言っていいと思う。自分は絵を描けないと思ってる人に向けた、入門書だよ。何度か改訂版も出てるけど、これは第一版のもの」

　堺君がはっとしたように目を上げる。

「あの、これって……僕も絵を描けるようになって、日向君みたいにビジュアル重視のPOPを作れ、という意味なんでしょうか」

すみれもてっきりそう思ったのだが、紙野君の答えは意外なものだった。

「少しちがう」

堺君が困惑を深める。

「じゃあ、なんで――」

「読んで、描いてみればわかるよ」

「描く……？」

「実習もあるんだ。やってみて」

「……はあ」

堺君はやはり呑み込めていないようだ。すみれもおなじだった。

「だまされたと思って、実習をこなしながら、第五章の終わりまで読み通して欲しい。そうすれば、君ならきっとわかるはずだ。俺に答えを聞くより、そのほうがずっと楽しいと思う」

「わかるって――あ、さっきの問い合わせですか、夏目漱石の？」

紙野君は堺君の目を見てうなずいた。

「問い合わせの答えが、ここに――」堺君の顔からけげんそうな表情は消えなかった。

「……わかりました。いや、なにがなんだかさっぱりわかっていませんけど、紙野さんがそうおっしゃるなら。これ、買います！」

3

当然のようにすみれもおなじ本を購入した。あてにしていたが、紙野君はやはりその本をもう一冊在庫していた。毎度のことながらありがたい。

閉店後、自分の部屋のベッドに座り、あらためて本を見る。

白地の表紙。人間の頭部から首にかけてのシルエットと思われるなかに、飛行機やビルや浮世絵、ボッティチェリの「ヴィーナスの誕生」の一部や、レオナルド・ダ・ヴィンチの人体図などの写真やイラストや図像がコラージュされている。どこかルネ・マグリットの絵を連想させるデザインだ。

表紙の上部に『脳の右側で描け』というタイトルが赤い文字で印刷されている。著者はＢ・エドワーズ。訳者は北村孝一。それにしても不思議なタイトルだ。どういう意味なのか確かめるためにページをめくりたくなる。そういう点では、堺君が言っていた日向君のＰＯＰと似ているかもしれない。タイトルの謎をひもとけば、紙野君が堺君に薦めた理由も見えてくるのではないだろうか。そう、すみれがこの本を買ったのは、いつものように、紙野君がなぜそれをおすすめしたのか考えてみたかったからだ。が、この奇妙なタイトルに純粋に興味を持ったという理由もある。

なかをぱらぱらとめくってみた。図版も数多いが、それなりに読み応えのありそうな字組みだ。紙野君は入門書と言っていたが、けっこうしっかりした理論書なのではないかという気がした。紙野君は堺君に、第五章まで読むようにと注意していた。目次を見ると、「はじめに」につづいて「1．絵を描くことと自転車の乗り方」「2．絵によってあなた自身を表現する、言葉によらない美術言語」「3．あなたの脳の右と左」「4．クロス・オーバー、左から右への転換を体験する」「5．記憶で描く、美術家としてのあなたの経歴」とあった。

すみれにもうすうす本の内容の見当がついてくる。「はじめに」に目を通してみた。冒頭はこうだ。

この『脳の右側で描け』は、年齢も職業も違うさまざまな人たちに美術を教える新しい方法を10年間にわたって研究してきた結果、できた本です。私がこの研究を始めたきっかけは、私にとって絵を描くことはとてもやさしく楽しいことなのに、大部分の学生たちにとってはどうして絵を学ぶことがむずかしく感じられるのだろう、という純粋な疑問でした。

なるほどたしかに絵を描けない人に向けた入門書のようで安心する。じつはすみれ自身、自分には絵心がないと思っており、これを読むことで絵が描けるようになるのではないかというほのかな期待も抱いていたのだ。

第一章はすぐに読めた。絵を描く能力は「魔術的」なものではなく、だれにでも身につけることができる。そのためになにより必要なのは、ものの見方を変えることや、ものの見方を学ぶこと。美術家のようなものの見方ができるよう切り替えることが、絵を描けない者がそれを学ぶ主眼となる。逆に言えば、それさえ身につけることができれば、とくに人より手先が器用でなかったとしても、問題なく絵を描けるようになる。

この章の終わりには、著者の下で学んだ学生たちの進歩を示す絵が六名分掲載されている。実習前に描いた人物の顔の絵と、実習後に描いたやはり人物の顔の絵がそれぞれ並べられているのだ。みな、一枚目の絵はお世辞にも上手いとは言いがたい。すみれも人のことは言えないが、絵心のない人たちのデッサンだとひと目でわかる。しかし、二枚目のデッサンはどれも、写実的でリアルに見えた。二枚の絵の間の時間差はみじかいものでは二ヵ月ほどだが、その間にみなすさまじく画力が向上している。

本当に同一人物の作品なのか、少し疑いたくなるほどの進化というか、変化っぷりなのだ。

ところが、そのあとに二枚並んだデッサンを見、それを描いた人物の名を知ったとき、その疑念が晴れてくる。一枚目は道具を持つ大工をモデルにしたもので、二枚目は椅子に腰掛けて頬杖をつく女性を描いている。二枚の間にはあきらかに力量の差があって、二枚目は構図といい線の正確な力強さといい、見る者に完成された印象を与えるが、一枚目はそれと比べると、はっきり未熟だ。構図もしっかり決まっていないし、人物の姿勢も不自然に見える。全体に荒削りで、モデルの姿を正確に写し取ったとは感じられない。ところでこの二枚のデッサンを描いた同一人物は、あのヴィンセント・ヴァン・ゴッホなのだという。

一枚目はゴッホが二十七歳のとき描いたもので、二枚目までには二年という時間の隔たりがある。ピカソは十代の頃にはデッサン力が完成されていたとなにかで読んだことがあった。ゴッホは遅咲きの天才で、キャリアのはじめの頃はけっしてデッサンが上手いとは言えなかった、というのは、美術に詳しい人には常識なのかもしれないが、そうではないすみれにとっては興味深い事実だった。あのゴッホでさえ最初からデッサン力があったわけではなく、画家としてのものの見方を後天的に身につけたのだ。著者の主張の説得力がぐっと増す。

著者は読者に対してもおなじように、実習前に自画像を描くよう勧めているが、すみれはそこをはしょってページをめくった。それぞれの章はみじかいので、第二章、第三章と、それほど時間もかからず読み進んだ。

目次を見た時点で想像していたとおり、この本は、左脳と右脳の働きのちがいに着目した絵の描き方の教本だった。人間の脳は大きく左右に分かれていて、それぞれ左脳、右脳と呼ばれ、異なる機能を持っているという仮説はすみれも聞いたことがある。左脳は論理的、右脳は直感的、言語を司るのは左脳で、右脳は芸術的なセンスと結びつく――そのような内容と記憶していた。

この本の理論はその仮説を前提としていて、それぞれの脳が支配的になっている状態を「Lモード」「Rモード」と名づけている。Lモードの特徴は言語的、分析的、象徴的――なにかを表すのにシンボルを使う――などがあり、Rモードは対照的に、非言語的、総合的などの特徴を持つ、とする。美術家が絵を描くとき、その人のなかではRモードが支配的になっている。絵を上手く描くには、物の見方をふだんと変える必要があり、それは、Rモードが支配的な状況を作り出すことによって実現される――それがこの本の主張の中核のようだ。

絵を描くのにこういう理論でアプローチするのは面白い、とすみれは思った。たくさん描けば自然と上手になる、というようなスパルタ式より、忙しい社会人としてもはるかに興味が持てる。しかし少しずつ襲ってきた眠気に勝てず、つづきは明日以降読むことにしてその晩は本を置いて寝た。

「読みはじめたよ、『脳の右側で描け』。とりあえず三章まで」

翌日のアイドルタイム、すみれは紙野君にそう報告した。

「どうですか?」

「やっぱり、絵を描く能力って、右脳の働きなんだね」

「そこはまだ、科学的には証明されていないみたいです」

紙野君は思いがけないことを言った。

「え、そうなの?」

「最近の脳科学では、大脳の左右で機能が異なるという仮説には根拠がないという意見が優勢のようです。ただ、もしそうだとしても、あの本のメソッドが有効でないということにはならないと思います。あの本でいうRモードを担っているのが物理的に大脳の右半球でなかったとしても、Rモードを獲得することで物の見方が変わるという事実にちがいはありませんから」

そういえば、「はじめに」にも、そのようなことが書いてあった。紙野君がつづける。

「右脳、左脳という概念は適切ではないかもしれないですが、Rモード、Lモードというものが存在することは、俺は経験的に理解できます。すみれさんも、読み進むなら、ぜひ実習もやってみることをおすすめしますよ」

すみれはその夜、第四章を読みはじめた。すぐに実習の課題が登場する。「花びん＝顔を描く　＃１」。見方によって、花瓶にも向き合ったふたりの人間にも見える左右対称のだまし絵があるが、あれを自分で描こうというものだった。それほど難しくなさそうだったので、紙野君の言葉を思い出し、すみれも挑戦してみることにしてパジャマ姿で机に向かう。

画用紙はないのでコピー紙で、Ｂの鉛筆があったのでそれを使う。まず、紙の左側に中央を向いた人の横顔を描く。つぎに、横顔の上端と下端から水平に線を引く。花瓶の口と底に当たる線だ。ここで、最初の横顔のところまで鉛筆でなぞりながら戻り、額のところで、額、鼻、上唇、下唇、あご、首　とそれぞれ名前を呼ぶことを二度くり返す。これは、「象徴的な外形の名を呼ぶＬモードの仕事」だという。形をシンボルとして認識する状態を確認する作業なのだろう。

それから、右側に、左右が逆の横顔を上から描いてゆく。花瓶を完成させるためには、左右を対称形にしなくてはならない。ここまでは比較的気楽にやってきたが、集中が深まると、鉛筆を握る手の動きは慎重になった。絵心はなくても、左右対称の線を引くだけだと思えば心理的なハードルは高くない。しかし、やってみるとこれが簡単そうでなかなか難しいのだ。想像以上の時間をかけ、苦労して完成させた。全体を見る。うん、まずまずの出来ではないだろうか。本に目を戻すとこんな記述にぶつかった。

　この横顔を描いているときに、何度か頭のなかで紛争が起きているのが感じられるかもしれません。これをよく観察してください。また、問題がどうやって解決されるかも観察しておきましょう。今度の横顔は、前と違う描き方をしていることがわかるはずです。これが右半球のモードによって絵を描くことなのです。

へえ、とすみれは思う。最後の線を描いているとき、思った以上に難しく、なんだかもどかしい感じに悩まされたが、それが筆者の言う、頭のなかの「紛争」だったのかもしれない。筆者はそのあとさらに説明を補足する。

　花びん＝顔の絵を描き上げたところで、どうやって描いたか思い返してみましょう。最初の横顔は、たぶん、あまり時間をかけずに描き、それから、教えられたとおり通過する部分の名前を言葉に表わしながらなぞらったことでしょう。

これは、大脳左半球の処理モードで、記憶から象徴的な形を描き、名前を挙げるものです。

二度目の横顔を描いているときはそれとは事情が異なり、多少の混乱あるいは紛争を経験したかもしれないと筆者は指摘する。

描き続けるためには、別の道、やや面倒な処理法を見つけなくてはならなかったのです。おそらく、あなたは横顔を描いているという感覚を失い、2つの横顔の間のスペースを始終見つめ、角度やカーブ、内側ないし外側に曲がった形、線の長さが（いままでは、名づけられず、名づけようのなくなった）反対側の形に対してどうすべきか見定めていることに気づいたことでしょう。別な言い方をすれば、あなたは、自分がどこにいて、どこに向かおうとしているか、チェックすることによって、最初の横顔と逆向きの複写の間のスペースを細かく見ることによって、描いている線を絶えず修正していたのです。

おおっ、と声が出そうになる。まさに自分がしていたことを、まるで見ていたかのように解説されたからだ。さらに先を読んで理解したところでは、こういうことらしい。最初の横顔は左半球モードで、顔を描いていると思いながら描いた。しかし、それと左右対称の線を引こうとしたとき、おなじように顔の各部の名称を思い浮かべると、上手く描けない。そこで筆者の言う混乱が起きる。

この混乱の正体は――筆者の主張にしたがって左脳と右脳に機能を振り分けるなら――支配的だった左脳に代わって、右脳が優位になろうとして起きる葛藤だと言えそうだ。二度目の横顔を描くとき、最初とはちがい、額とか鼻とか口などの言葉を使わないようにして、ふたつの横顔の間のスペースの形をガイドに使うほうが簡単に描けると筆者は書く。

言い方を換えると、まったく何も（言葉で）考えないのがいちばん楽なのです。右半球のモード、つまり美術家のモードで描きながら、言葉を使って考えるとしたら、次のように自問することしかありません。

「このカーブはどこから始まっているか？」

「このカーブはどれくらい大きいか？」

「この角度は紙に対しどのくらいか？」

「この点は反対側と見比べてどの位置になるか――紙の上（下）からどの位置になるか？」

これらは、空間的、相関的、比較的なRモードの疑問です。どの部分も名前が挙げられていないことに注意してください。「あごは鼻と同じくらい突き出ている」とか「鼻はカーブしている」というふうに、何か特定して述べたり、結論を引き出したりしていません。

すみれ自身、思い返してみるとそのように描いていた。筆者の言う右半球モード、Rモードが支配的になった状態をそれと意識せずに体験したというわけだ。筆者は第一章で、絵を描くことを自転車に乗ることになぞらえていたが、なるほど、説明を聞くよりも、じっさいに身体を動かしてやってみるほうがはるかに理解が早い。

すみれは知的な興奮に駆られるままつぎの課題にも挑んでみた。今度もおなじように花瓶にも向き合ったふたつの横顔にも見える絵の実習だが、最初の横顔は人間ではなく、「考えられる限り最も奇怪な横顔——魔女、食屍鬼、怪物」を描くというものだ。見本の図像には、滑らかなカーブとは異なる、凸凹で複雑なシルエットが描かれている。

先ほどと同様、最初の横顔はLモードで、怪物の顔を、額、目、鼻、口、牙などをイメージしながら描き、ふたつ目の横顔はそうしたシンボルを念頭から消し去って、屈折し蛇行する線とふたつの横顔の間のスペースのみに意識を集中して鉛筆を動かしてゆく。さっきよりさらに時間がかかったが完成する。今度はもっとはっきり、自分の知覚がＬモードからＲモードに切り替わったのを感じ取った。

時計を見ると思ったよりも遅い時間になっていた。章の途中ではあったが、中断してベッドに入る。


翌日、また寝る前につづきを読んだ。脳の右半球を活性化するＲモードを優位にするためには、Ｌモードの働きを弱めてやる必要がある、という文章のあとにあった新たな課題は、逆さまになった絵を描く、というものだった。

われわれはふだん、上下を正立させて対象物を見ようとする。そうしておけば、これまでの記憶や概念と照合し、名前をつけて分類することができるからだ。ところが、というか、その結果というか、像が逆さになると、視覚的な手がかりは名前づけや分類の役に立たなくなる。この現象を利用して、Ｌモードの働きを弱めようというのがこの課題の目的だった。

見本として掲載されているのは、ピカソが作曲家のストラヴィンスキーを描いた線画の複製だという。もちろん逆さに印刷されていて、それが椅子に腰掛けたスーツ姿の男性を描いたものであると知覚できるまでしばらくかかった。絵を構成している線はどうやら漫画に近い感じでそれほど多くなさそうだが、しかし昨夜の課題と比べればはるかに複雑で、模写するのも大変そうだ。

描く前の注意書きにも、それなりの時間を確保するようにと記されている。ためらったが、明日が定休日であることに勇気づけられ、すみれは課題に挑戦した。ヒントがなければ、いったいどこから手をつけてよいか判断しかねるところだが、注意書きには、逆さになった絵の上から描くようにとアドバイスがあった。それぞれの線を隣り合う順に模写して、「ジグソーパズルのように」組み立てるのがこつらしい。このアドバイスのおかげでだいぶ気が楽になった。

やりはじめてみると、どの線がなにを表しているのかうまく把握できず、まさしくアドバイスどおり、ひたすら線と線との関係に着目し、手元のコピー紙にできるかぎり正確に再現しようとする作業となった。意味を考えずに線を引いていくこの行為は、すみれが考えていた、絵を模写する、という概念とはまったく異なる。しかしそこには明白なメリットがあった。ふつうなら自分の絵の未熟さがストレスになりそうなものだが、このやり方だと、上手い下手をさほど意識することがなく、絵を描くことへの抵抗がかなり減じられ、見本のとおりに線と線がつながらないところも出て悩みはしたものの、楽しんでつづけることができたのだ。すみれはたちまち、生まれてはじめての体験に没頭した。

注意書きにも、描きあげるまでは逆さになっている見本の絵を正しい位置に戻さないようにとあったが、もちろんそのようにし、たっぷり時間をかけて、コピー紙のほぼ全面を使い、模写を完成させた。時計を見ると一時間近く経っている。われながらよく頑張った。

すみれは、自分がどんなものを描いているのかちゃんと把握しないまま描き終えたデッサンを、紙の天地を入れ替えて逆さに、つまり上下を正しくした。

「おお……！」ひとりの部屋で、おどろきのあまり声をあげていた。

おどろきはふたつある。

ひとつは、自分が描いていたのがこんな絵だったのかという、コロンブスの卵(?)的なそれである。髪の毛をきっちりふたつに分けた初老とおぼしき、眼鏡をかけた気むずかしそうな男性が、椅子の肘掛けにそれぞれの肘を載せ、お腹の辺りで左右の手の指をからめ、足を組んで座っている。背広の前は開いていて、ベストが見え、胸ポケットからはポケットチーフが覗いている。デッサンはそのように見えるのだが、ひっくり返して見てみるまでは、さっぱりイメージできなかったのだ。おどろきのふたつ目は、そうして完成した絵が、とても自分が描いたとは思えないほど、豊かな表現力を持っていたという点であった。

すみれはここではじめて本のほうを逆さにし、見本の絵の上下を正位置にして見た。

自分が描いたデッサンが、見本となっている絵と瓜ふたつ、とまでは言えないにしても、自分としてはかなり上出来の模写であることが確認できる。これが逆さのままで描いた絵とはとても思えないが、同時に、見本を正立した状態で見ていたとしたら、逆にこんなふうには描けなかっただろうとも納得できた。描きあげるまで逆さにするなと注意書きにあった理由がよくわかる。いったん正しい位置で見てしまうと、今度は見本を逆さにしても、それぞれの線がなにを表しているのか、脳が勝手に読み取ってしまい、さっきのように線を線として意味とは無関係にとらえるのが不可能になってしまうのだ。

小一時間の集中で少し疲れてはいたものの、それが吹き飛ぶほど精神がリフレッシュされたのを感じる。

第四章の課題の目的は、Lモードを弱らせてRモードに転換する感覚を実感することだった。たしかにその感覚をつかむことのできたすみれに、章の残りを読んで、その日は気持ちよく眠りについた。

「じゃーん！」

翌々日の夜、営業時間が終わったあと、すみれは、夕食につき合ってもらった紙野君に、ピカソの絵を模写した自分のデッサンを見せた。

「課題ですね。すみれさん、ちゃんとやったんだ」

紙野君の冷静な反応に、すみれは、はしゃいで見せたのが急に恥ずかしくなった。

「う、うん……あの本、すごいね。紙野君から見たら下手くそかもしれないけど、わたし、自分が描いたとはとても信じられなかったもの」

「下手じゃありませんよ。告白すると、俺も昔おなじ課題をやってみたんですが、すみれさんのほうがはるかに上手い」

「そうかな」すみれはとたんに気をよくした。同時に、紙野君もやはり、絵心がなくて、あの本の課題を真面目にこなしたのだと考え、少し愉快な心持ちになった。

「じゃあ、四章までは読み終えましたか？」

「昨日、五章の終わりまで読み進んだよ。紙野君が、堺君におすすめしたのは、そこまでだったよね」

「そうです」

「記憶で描く、美術家としてのあなたの経歴」とタイトルがつけられた第五章では、西洋社会での大多数の人が、幼い頃から学校などでの教育を通じ、絵画についてどのような教育や訓練を受け、絵を描くことについて一般的にどのような段階を踏んでゆくのか、その発達過程をたどってみせる。ほとんどの人が、思春期を迎える頃、写実的に絵を描くことに挫折すると筆者は書く。それまでに獲得してきた知識やシンボルの感覚が、見たままに描くことの妨げになってしまうのだ。

第四章の課題でＬモードからＲモードへの劇的な転換を体験したすみれには、その因果関係、メカニズムがうなずける。

「でも……紙野君が堺君にあの本を薦めた理由は、まだわからないんだよねえ。ゴッホは出てきても、あの本に夏目漱石の名前は登場しないし。——あ。まだ答えは言わないでね。堺君、また来るって言ってたでしょう。そのときにでも一緒に教えてもらっていい？」

「わかりました」

紙野君はうなずいてワインを飲んだ。

4

堺君がすみれ屋に来る前に、すみれはひとつのイベントを迎えることになった。紙野君の住むアパートへの訪問だ。

紙野君は猫を飼っている。すみれは猫を飼ったことがなく、興味があったので、しばらく前、一度猫を見に遊びに行っていいか訊ねたところ、快く応じてくれた。すみれ屋が休みの日、ということまで決まっていたのだが、お互いの事情で実現するまでに少し時間が経ってしまった。

自分の料理ばかり食べているので、休みの日には友達を誘ったりしてできるだけ食べ歩きをするよう心がけているのだが、この日は朝食後、紙野君とお昼に食べるためのサンドイッチを作った。

パン・シュープリーズ。フランス語で「びっくり」という意味のパーティサンドだ。大きな丸いパンの中身をくり抜いて容器にし、なかに小さなサンドイッチをたくさん詰める。日本でも、百貨店のデリやホテルのベーカリー、パン屋さんのケータリングなどで注文できる。すみれも一度、パリに本店のあるパン屋で予約注文して、友人が主催したホームパーティへ持参したことがあった。蓋を開けると文字どおりサプライズによる歓声があがったものだ。

本場フランスでは、パン・ド・セーグルという、ライ麦の配合率が高いパンで作るのが主流のようだが、すみれは、すみれ屋がパンを仕入れているパン屋、大泉《おおいずみ》さんの店のラインナップにあるパン・ド・カンパーニュを使った。

自作するのははじめてなので緊張したが、蓋とする上部を切り取ったあと、ごく細身のナイフを使ってきれいに中身をくり抜くことができ、ほっとする。円筒形にくり抜いた部分のパンを縦に四等分してスライスし、これをサンドイッチにする。具材は三種類。ディジョンのマスタードとスライスしたピクルスをアクセントにした豚肉のリエット、レモンバターとディルで風味よく仕上げたスモークサーモン、そして、ドライイチヂクのポートワイン煮とペッパーハムを合わせ、溶かしてブルーチーズを混ぜた無塩バターを塗ったものだ。

ふつうはパンの容器のなかいっぱいにサンドイッチを詰めるのだが、今回はふたり分なので半分だけにし、残りの半分には、ワックスペーパーを仕切りに使って二種類の料理を詰めた。

ひとつは、焼き野菜。パプリカ、ズッキーニ、芽キャベツ、カリフラワー、トレヴィスに塩で味つけし、オリーヴオイルをかけてオーヴンでローストしたものだ。

もうひとつは、舌ビラメのグジョネット。グジョネットは、細長いスティック状の切り身にした魚をパン粉で揚げるフランス料理のこと。蓋つきのソースカップに入れたソースは、泡立てた生クリームにミキサーにかけたケイパーやみじん切りにした各種ハーブやコルニション、ディジョンのマスタードなどを混ぜてオリーヴオイル、塩コショウで調味した、タルタル風の、けれど軽いソースだ。ライムも添える。

サンドイッチも料理もすみれ屋では出したことがないものばかりである。考えてみれば、店をはじめてから、紙野君は、自分以外の人ですみれの作った料理を一番たくさん食べている人になっている。せっかくはじめてお邪魔するのだから、これまで彼に作ったことのないメニューをと考えたのだ。

こうなると気合いが入ってしまう性分である。すみれはさらに、スープを用意した。なかのサンドイッチとも合い、それを食べ終えたら器となっている部分のパンをスープに浸して最後まで美味しくいただくためのスープだ。すみれの頭にぱっと浮かんだのは、ロシアのガルショークだった。日本ではポット・パイとして知られる、パン生地を蓋にしてそのまま焼き上げる壺焼きスープだ。焼けたパンを崩し、スープと一緒に食べるのが美味しく楽しい。

壺焼きではないが、牛乳とサワークリームで仕上げるスープはカンパーニュにもきっと合うにちがいない。鶏胸肉とたっぷりのマッシュルームも入れたスープを作ると、保温のできるスープジャーに注いでしっかり蓋をした。

飲み物は昨夜、紙野君にスパークリングワインを渡し、冷やしてもらうよう頼んであった。なかなかリッチなランチになりそうだ。約束の時間が近づいたので、荷物をまとめて店を出る。

すみれ屋を開業し、古書店をはじめるにあたって、紙野君は店に近いアパートを見つけて部屋を借りていた。すみれも場所は知っている。しばらく歩くとアパートに着いた。ブロック塀に囲まれた二階建ての木造だ。おなじ敷地内に隣り合って建つ木造家屋には大家さんが住んでいる。大家さんが猫好きなので、アパートでもペットとして猫だけは飼ってもよいのだという。

塀のなかへ入ると、「すみれさん」と声をかけられた。紙野君だ。白いバンドカラーシャツのボタンをはずし、着古した感じのくたっとした薄手の草色のカーディガンを着て、これもこなれた感じのグレーのジョガーパンツを穿き、素足にサンダル履きという恰好で縁側に腰かけている。紙野君の部屋は一階で縁側があるということは聞いていていた。縁側とブロック塀の間には物干し台が置かれ、周囲には植栽が見える。紙野君の膝の上に猫が乗っていた。三毛猫だ。

「こんにちは」すみれは声をかけた。「きれいな子。すごくなついてるね」

それにしても――仕事着よりも少しラフな私服姿にサンダル履きで膝に三毛猫を乗せている眼鏡男子の紙野君は、なんというか、絵になりすぎ、とすみれは思った。

「キビ」紙野君が膝の上の猫に呼びかけた。「お客様だよ」

紙野君が保健所から引き取って育てている猫が雑種の雌であることは聞いていたが、そういえば名前は知らなかった。

「こんにちは、キビちゃん。今日はお邪魔します」

すみれが言うと、キビは前脚から少し顔を上げ、ひげをひくつかせながら警戒するようにすみれを見た。が、すぐに興味を失った様子で前脚に顔を乗せ、横を向いてまぶたを閉じた。

「はい、ごめんよ」紙野君がその彼女を膝から縁側に下ろした。

目を開いたキビは不服そうに、みゃあと鳴いた。紙野君が立ち上がり、すみれに近づいてくる。

「荷物、すみません。俺が迎えにあがるべきでした。よかったら、受け取ります」

「ありがとう。では、お願いします」

すみれはランチの入ったバッグを紙野君に渡した。

「玄関はあちらですが、さしつかえなかったら、縁側からあがっていただいても」

「はい。そうさせてもらいます」

縁側へ近づくと、開いたサッシの奥に紙野君の部屋のなかが見えた。板の間の、押し入れがある反対の壁には本棚があり、ぎっしり本が詰まっている。入りきらずにあふれた本がそこらじゅうに積み上げてあった。

「わあ、すごい」

「これでも片づけたほうなんですが……」紙野君が決まりわるそうに笑った。「陽気もいいですし、よかったら縁側でご飯にしませんか？」

「あ、いいね。賛成」

紙野君はすみれのバッグを縁側に置き、座布団と小さなちゃぶ台を持ってきて、その上に食器を運んできてくれた。キビは部屋のなかへ入り、立ち働く紙野君に向かってまた不服げに、みゃあ、と鳴いた。居場所を追い立てたようですみれはなんだか申し訳ない気持ちになる。

「ごめんね、キビちゃん」

キビはすみれを見たが、すぐに顔をそむけてしまった。

「わたし……あんまり歓迎されてなさそう」

「大丈夫ですよ。彼女はマイペースですから、気になさらずに」

すみれも靴を脱いで縁側に上がり、バッグのなかから用意してきた料理を取り出してちゃぶ台に並べた。スパークリングワインを持ってきた紙野君は、パン・シュープリーズを見て、「あ、これはもしかして」と言った。心なしか声が弾んでいる。紙野君がスパークリングワインを注いでくれたところで、すみれは蓋を開け、中身を披露した。

「おお、すごい」紙野君が声をあげる。うれしいリアクションだ。「お休みなのに、こんなに手のかかったものを。なんだかすみません、すみれさん」

「いいの。わたしが作りたかったから」

乾杯して、料理を食べはじめる。紙野君は、サンドイッチにも焼き野菜にもグジョネットにもガルショークにも惜しみない賛辞をくれ、美味しそうに頬張った。気張った甲斐もあったというものだ。

ふたりが食事をする間に、キビは部屋のなかにある猫のベッドに入ってぺろぺろと身体を舐めはじめた。

「そういえば、なんでキビちゃんなの？」すみれは紙野君に訊ねた。

「焚き火から採りました」

「焚き火？」

「はい。焚き火って、いつまでも飽きずにずっと眺めていられるじゃないですか」

「それで？　わあ、素敵。キビちゃん、愛されてるんだなあ」

じつに紙野君らしいネーミングだとすみれは感じ入る。

しばらくすると、キビがベッドを出てこちらにやってきた。紙野君にすりすりと身体をこすりつけたあと、今度はすみれのほうに近づいて、しばらく鼻をひくひくさせ、座っているすみれの脚に身体をこすりつけてきた。くすぐったい。キビはそれからまた部屋のなかへ戻った。

「慣れたみたいですね、すみれさんの存在に」紙野君がキビを見て言った。「身体をこすりつけるのは、安心した証拠です」

「よかった」すみれはほっとする。

見ていると、キビが、積み上げられた本の山のひとつの上にぴょんと跳び上がった。見事に乗った、まではよかったが、本の山が揺れ、ついにばさばさと崩れてしまう。

キビはといえば、さらにジャンプして、本棚の上に跳び乗っていた。本が崩れたのを気にする様子もない。

「けっこうおてんばさんなのね」

「まるで賽の河原です」

紙野君が言ってすみれは笑った。

「でも、そうやって落ちた本を見て、フェアを思いついたりすることもあるんですよ。そんなときはデルフォイの神託を伝える巫女さんにも思えます」

「へえ、そうなんだ」紙野君のフェアに、そんな秘密があったとは。

紙野君の部屋は、奥に小さな台所があり、風呂とトイレもついているが、部屋は六畳の板の間だけ。調度はほとんどないが、床のかなりの部分を本が占めてしまっていて、布団がやっと敷けるくらいのスペースしかない。猫ベッドやキビのトイレはそれなりの存在感がある。なんだか入る余地のない濃密さを感じたすみれは嫉妬にも似た感情を抱いているのに気づいて、いやいやいや、と自分で自分にあきれた。

食事がすむと、紙野君はすみれにコーヒーを淹れてくれた。手挽きのミルで挽いた豆を、ペーパードリップで淹れてくれたのだ。

「美味しい」すみれはひと口飲んで言った。「すごい。紙野君、上手だね」

「すみれさんが毎日お店で淹れるのを見て、勉強させてもらってるんですよ。コーヒーの道具だけは、いいものをそろえてます。もしかしたら、いつかすみれさんのお手伝いもできるかもしれないと思って」

すみれ屋では紙野君にドリンクを任せているが、ペーパードリップで抽出するコーヒーだけはすみれが担当している。カウンターも、その作業のための最適の高さに合わせて作ってもらった。

「……ありがとう」紙野君の思いやりにじんわりと胸が温かくなった。

帰るまでに、キビは一度すみれに近づいてきて撫でるよう催促し、すみれは喜んで彼女の要求にしたがった。キビとのふれあいも満喫したすみれは、紙野君の邪魔になってはならないと、遅くならないうちに失礼した。

キビにも癒やされ、紙野君の知らなかった一面も見ることができ、とても満ち足りた気持ちで家路に就く。

堺君がすみれ屋を訪れたのは、その翌日のディナータイムだった。

すみれも紙野君もしばらくはてんてこまいの忙しさで、堺君の相手をしている余裕はなかったが、最初からそれを見越していたのか、カウンターに座った堺君はゆっくり酒と料理を嗜んでいた。その表情が、先日見たときより明るく見えるのは気のせいだろうか。

「なんというか……なにより、なかなかエキサイティングな体験でしたね」

落ち着いてきたところで、堺君は紙野君に向かってそう切り出した。

「あ、『脳の右側で描け』の感想です。紙野さんに言われたとおり、五章まで、きちんと課題を実習しながら読了しました。すごいですね、Ｒモード。最初は半信半疑だったんですが、やってみたら自分でも体感することができましたよ」

堺君はバッグから『脳の右側で描け』を取り出してカウンターに載せた。

「苦痛じゃなかった？」紙野君が訊ねる。

「いえ、全然。絵に苦手意識があったので、どうかと思いましたが、あれ、苦手な人ほどサプライズが大きいんじゃないでしょうか。Ｒモードへの転換って、心理学的に言えば一種のゲシュタルト崩壊ですよね。それがあんなふうに快感を伴うこともあるんだって、びっくりです。まだ五章までですが、課題は全部楽しかったです」

「それはよかった」

「この本がすごいのは、たんなるデッサンの教本じゃないところですね。絵を描くことを通じて、むしろ言葉について深い知見を得ることができたのがおどろきです。五章の記述には膝を打ちました。われわれは子供の頃から、物を言葉によって見るように学んできた、というくだりです。左の言語的半球は、知覚するものを認識して分類すれば充分で、それ以上の情報は欲しない。『あれは椅子だ』と認識して分類しておしまい。さらなる情報を求めてじっくり見たりする必要は感じないし、むしろそこで時間をかけ、細部に集中することには我慢できない――あの部分を読んだとき、われわれが日頃いかに言語優位な状態で過ごしてきているのかに思い当たって目から鱗が落ちる思いでしたよ。紙野さんも、そんなふうに感じませんでしたか？」

「うん、感じた。言葉っていうのがいかに恣意的に、ある意味おおざっぱに世界を分断しているかを知ったときは、本好きな人間として衝撃を受けたよ」

「ですよね。世界が先に存在して、われわれ人間は勝手にその部分に名前をつけてるだけですもんね。僕も、やっぱり自称本読みとして、言葉っていうのは世界や宇宙のあらゆるものを描写できるすごい発明だと信じてきただけに、ショックが大きかったんです。僕の場合、自分がどれだけLモード側に偏った人間だったのか、この本を読んで思い知った気がします。でも当然、そこには個人差がある。そこまで左脳優位で生きていない、右脳が活性化している時間が長い人たちもいるはずです。美術家はもちろんそうでしょう。それに、身近で言えば日向君みたいな人とか」

堺君はそこでモヒートを飲んだ。紙野君は堺君の話のつづきを待っていた。話が核心にさしかかる気配があった。

「紙野さんがこの本を僕に薦めてくれた理由について、僕なりに考えました。絵の上達が目的ではないなら、ではなんのためだろう？　本のなかに、ヒントになりそうな文章がありました。筆者は、この本を書いた目的は、読んだ人が、自己表現する創造的な力を解き放つことで、絵を描くことは目的ではなく、そのための手段と明言しています。この本を読み、課題を実践してひとつわかったのは、僕はまだまだ未熟とはいえ、絵を描く能力というのは特別なものではなく、文字の読み書きとおなじで訓練すればほとんどの人間に学べるものだということです。これまで僕は自分が絵を描けないと思っていましたが、そうではなかったかもしれないと信じられるようになりました。ただ僕は、慣用表現を使えば、圧倒的に左半球のほうを酷使している人間だったというだけのことです」

紙野君がうなずいた。

「やっぱり、そういうことだったんですね」堺君は得心がいったようだ。

「つまりそれは、強弁するわけではないですが、能力の有無、ではなく、差異、にすぎず、それもグラデーション状にゆるやかに分布していて、その間がけっして分断されているわけではないんだ、と腑に落ちるに至ったんです。陳腐な言葉かもしれませんが、個性というものですよね。日向君には日向君のやり方があり、自分には自分のやり方がある。その当たり前の結論を抵抗なく受け入れられるようになりました」

噛み締めるように言った堺君の視線を、紙野君が受け止める。

堺君が紙野君に微笑みかけた。

「頭ではうすうすわかっていながら、この本を読んでRモードへの転換を経験するまで、本当にはそこにたどり着けずにいたんです。僕は、ひとつの見方にこだわって、そこから抜け出せずにいた。自分自身の現実認識という檻に囚われていたようなものです。この本を読み、じっさいに手を動かして絵を描いたら、ちがった見方ができるようになりました。そうしたら、先日お話しした悩みからも、ふっと解放されていたんです」

堺君の表情は、その言葉を裏切らない晴れやかなものだった。

「日向君に対する嫉妬心も消えていたし——なにより、自分が書店員としてこれまでしてきたこと、いましていることの意義が、はっきりつかめた実感がありました」

堺君は少しまぶしそうに、紙野君を見る。

「僕はずっと紙野さんのような書店員に憧れていました。たしかに紙野さんは、棚作りのセンスや、本だけでない幅広い知識があって、ＰＯＰを書けば確実にその本の売り上げが上がるすごい書店員でした。でも、思い出したんです。僕が一番憧れたのは、お客様の問い合わせに対して、紙野さんがそのお客様の期待以上の答えを出していたことだったって」

すみれも思い出す。一緒に働いていた新刊書店で、紙野君がほかの書店員からとてもまねできないと思われていたのは、お客様の問い合わせへの対応力だった。本の題名も筆者名もうろおぼえだったり、記憶ちがいをしているお客様にも、ほとんど百発百中で求めている本を特定し、探し出す。それだけではない。ときには、その本に関連するべつの本を紹介し、「こちらの本もお役に立つかもしれません」と薦めて、その本を買ったお客様からまさにそのとおりだったと感謝されることも何度かあったとも聞いている。

「ネット書店の台頭などもあってリアル書店が大変ないま、攻めの姿勢もたしかに大切かもしれません。でも、リアル書店のネット書店にまねできないところは、お客様へのそういう丁寧な対応じゃないかな、って気づいたんです。日向君のようなスター書店員がいるのは、とてもいいことです。けれど、みんながそうなる必要はない。書店員の本分は、あくまで縁の下の力持ちとして地道に日々やるべき仕事をこなしていくなかで、お客様に、あそこに行けば新しい出合いがある、新しい知識や知らなかった世界への扉が開くと信頼を寄せていただけるよう努めることなんだ――紙野さんのおかげで、あらためてそう思えるようになりました。ありがとうございます」

堺君は紙野君に向かって頭を下げた。

「そんなふうに言ってもらえて、よかったよ」紙野君は微笑んだ。「俺は、本って、時空を超えた贈り物を運んでくれる乗り物だと思ってる……ちょっと甘すぎるたとえかもしれないけど」

少し照れたような表情になった。

「乗り物……？」堺君は真顔で訊ねる。

「うん。たとえば、ソクラテスなんて紀元前の人だけど、彼の思想は弟子の哲学者の著作として、二千年以上未来のいま、それも遠く海を離れた日本で手軽な文庫本として買って読むことができる。これって、ものすごいことだよね。たとえつい昨日製本された本だったとしても、はるか昔に書かれたその中身はときに数千年の時間や、数千キロもの距離を飛び越えて読む人のところへ届くんだから」

本当にそうだ。ふだんは当たり前のように思っていたけれど、あらためて考えてみると、本ってすごい。すみれは素直に感動した。

「そうやって時空を超えた本が、まさにいまの自分のために書かれたものだと感じることがある。運命的な出合いと呼んでさしつかえないような邂逅がね。書店員は、そのお手伝いをできる、とても夢のある職業だと思う。だけど、日々の仕事は本当に地道で、華やかさとも無縁で、努力が報われると感じられる瞬間もそうそうないから、堺君みたいにときには仕事の意義を見失いそうになってもおかしくない。俺にもそういうことがあった」

堺君が目を見開く。

「紙野さんが……？」

「そんなにおどろかないで欲しいな。俺だって人間だよ」紙野君は苦笑する。

「でも、そうして悩んでいるときも、やっぱりその本が救いになってくれたから、本の力を信じようと思えた。本ばかり読むと頭でっかちになるとか、読書は実人生とかけ離れたもののように言われることもあるけど、俺はちがうと思う。本を読むことは、場合によっては人生を変えてしまうくらいすごい、体験そのものだよ」

「体験そのもの……そうか、そうですね」堺君がしみじみとうなずいた。「情報を得るためだけに本を手に取る人もいるだろうし、そういう読み方を否定する気もありませんが、そういえば僕にとって、いい本に出合えたと思えるのは、読むことそれ自体が鮮烈な体験となるようなときですね。そうやって読んだ本は、血や肉となって自分を形作っている気がします」

紙野君や堺君にはとうてい及ばないが、本好きであるすみれにも、ふたりの言葉は理解できる。

「あ、そうだ」堺君が声をあげた。「もうひとつ大事な話をするのを忘れてました。わかりましたよ、紙野さんが僕に『脳の右側で描け』を薦めてくれた理由!」

夏目漱石の本への問い合わせの謎が解けた、ということだろうか。まだそれがわかっていないすみれは、わくわくして答えを待った。

「あの問い合わせ——お客様が『医院』だと思った夏目漱石の作品の正体は、『こころ』だったんです。紙野さんはわかっていたんですよね？」

紙野君がうなずく。すみれは内心首をひねった。『こころ』ならすみれだって知っている。けれど、さっぱり意味がわからない。

「堺君、訊いていい？　なにをどうすれば『こころ』を『医院』とまちがえられるの？」

「すみれさん、よくぞ訊いてくれました。お見せしましょう」

堺君が芝居がかった口調で言って、シャツの胸ポケットに入れていたペンを取り出した。油性ペンのようだ。

「この紙ナプキン、一枚ください。いいですか。これに『こころ』と横書きします」

堺君は几帳面な字で紙ナプキンに「こころ」と横書きした。それを、すみれのほうに向ける。

「で、まずこれをこうひっくり返します」

堺君はすみれから見て紙の下部の両端を持ってそれを自分の手元に引き寄せながら紙を裏返しにした。油性ペンで書いた文字は紙ナプキンの裏側にも透けて見える。

「で、今度はこれをこちらの向きにします」

堺君は、すみれから見て紙の上部を、すみれから見て右方向に九十度回した。

「……あっ」裏に写った文字を見て、すみれは思わず声をあげていた。

裏返しにして角度を変えた文字列は、「いいん」と縦書きされたものに読めたのだ。

「『こ』が『い』に、『ろ』が『ん』のように見えるんだね。びっくり」

「そうです」堺君が会心の笑みを浮かべる。「日向君に問い合わせたお客様は、息子さんから受け取ったメモを、なにかの弾みでこう読んでしまったんです。油性ペンだったから、紙の裏に字が染みてしまったんでしょう。『脳の右側で描け』の課題で、逆さになった絵の模写があって、そのとき思ったんです。もしかしたら、お客様がメモをまちがった向きで読んだ可能性はないかな、と。それで、漱石の作品タイトルをメジャーなものから順番に思い浮かべていったら、すぐ『こころ』に思い当たりました。漢字だとなかなかそんなふうに誤読できませんからね。自分で書いて確認したら、『いいん』になったので、まちがいないかなと。日向君にそう伝えて棚にあったのを取り置きしてもらったら、その日のうちに例のお客様が来て、結果、正解だったことがわかったんです」

その中年男性は、日向君を見るとまずこう言ったそうだ。

「いやあ、わるいわるい。こないだ訊いた本、題名まちがってたわ。息子に確かめたら『こころ』っていう本だって。俺、メモをてっきり『いいん』だと思って読んで、息子がたしか、先生が出てくる話、とかなんとか言ってたから、じゃあ医者だろうって。息子が俺にわかりやすく医院をひらがなで書いたと勘ちがいしちゃったんだよ。

あれだってな。人が死んだのも医者のせいじゃなく自殺なんだって。いやあ、早合点しちまった」

わかってみればなんとも微笑ましい話だ。

「日向君から、『堺さん、すごいですね』ってものすごく感激されました。『なんでわかったんですか』って。すごい先輩のおかげだよ、って紙野さんの話をしたら、いつかすみれ屋さんに行ってみたいって言ってましたよ」

「そのときは歓迎するよ。俺も、ユニークなPOPを書く秘訣を訊いてみたいし」

的確なヒントを与えた紙野君もすごいけれど、それをしっかり理解して正解を出すことができた堺君もファインプレーだとすみれは思った。おなじヒントを受け取っているのに、自分はとてもそこまで考えが至らなかった。志ある書店員の底力を見た思いだ。

「今回——紙野さんに相談に乗ってもらって、もうひとつわかったような気がします」

「なにが？」

「紙野さんが店を辞めてすみれさんとお店を開く、それも古書店を、って聞いたとき、まったく理解できなかったんです。新刊書店で、高給取りとはほど遠いですが正社員としての安定した生活を捨ててまでそうする理由が。まして紙野さんは優秀で、ゆくゆくは本部で幹部になるだろうと確実視されていた人ですから。前にみんなで来たときも、まだわからなかった。カフェの手伝いをしている紙野さんは、思っていたより板についていましたけどね。もしかしたら、すみれさんと——そういう間柄になって、結婚したりするのかと思ったら、そんな感じでもないみたいですし」

すみれが思わず紙野君のほうを見ると、紙野君もこちらを見て目が合った。すみれはあわてて目をそらし、作業をしていた手元に集中する。

「古本屋をしていた叔父さんから大量の蔵書を受け継いだという話は聞いていましたが、みんないまひとつ納得がいってなかったんです」

堺君がつづける。

「でも、僕にはわかりました」

すみれはまた顔を上げた。堺君は天井を見上げ、店内をぐるりと見回してから、紙野君に目を戻した。

「自分が本当に好きな本だけを店に並べて売ることも、訪れたお客さんとじっくり向き合って、なんとなれば悩みに耳を傾け、その人のために本を薦めることも、新刊書店に勤めていてはとうていできることじゃありません。これが、紙野さんが本当にやりたかったことなんですね」

紙野君は返事をしなかったが、その顔に浮かんだ穏やかな表情は言葉より雄弁で、すみれの心に余韻を残した。

「相談、って、なんですか?」

閉店後のすみれ屋。夕食を一緒にと誘ったすみれに、ビールでの乾杯のあと、紙野君が言った。

「こないだの彼女のこと。森緒さん。考え直したの。やっぱり、もしまだ気が変わっていなかったら、店の手伝いをお願いしようと。もう一度、紙野君の意見も確認させてもらおうと思って。かまわないかしら?」

「俺は——もちろん、大賛成です。でも、どうして……」

「気づいたんだ、わたしも。恥ずかしながら、遅ればせながら。わたし——紙野君に甘えすぎてました」

すみれ屋が、ピークの時間にオペレーションが滞るほど賑わっているにもかかわらず、これまでどうにか回ってきたのは、すみれの努力によるものではない。紙野君の助力、尽力、いや、むしろ献身の賜物だ。紙野君が人を入れるよう助言してくれたのは、自分の負担を減らすためではない。なによりも店の経営を考えてのこと。ずっとすみれに意見を言わなかった紙野君が、この人ならと森緒さんを認めたその言葉の重みと温かさとに、あのときのすみれは気づけなかったのだ。

「紙野君が、堺君に書店員としての仕事について語っているのを聞いて、あの夜、辻征夫の『蟻の涙』っていう詩を読み返したの」

「『蟻の涙』……」紙野君は、思い出そうとするような顔をした。

以前、紙野君から薦めてもらった『辻征夫詩集』に収められた「蟻の涙」は、こんなふうにはじまる。

どこか遠くにいるだれでもいいだれかではなく
かずおおくの若いひとたちのなかの
任意のひとりでもなく
この世界にひとりしかいない
いまこのページを読んでいる
あなたがいちばんききたい言葉はなんだろうか

「どこかしらユーモラスな作品が多い辻征夫にしては、シリアスっていうか強いメッセージ性が感じられる詩なんだけど、温かみは変わらない。わたしはもうけっして『若いひと』ではないけど、自分にも語りかけてくれているように感じた。紙野君が堺君に、本を読んでいると、まさにいまの自分のために書かれたものだと感じることがある、って言ったとき、この詩を思い出したんだ」

一読したあとも、すみれは何度か『辻征夫詩集』を手に取って開いている。「蟻の涙」は印象に残っている一篇だ。

「詩って、基本的には万人に向けて書かれるものだと思うけど、辻征夫の詩には、『蟻の涙』にかぎらず、ひとりひとりの読者に向かって、上からでも下からでもなく、おなじ高さの目線で丁寧に語りかけてくれるような印象がある。考えてみたら、紙野君の古書店での仕事ぶりもそうだなって、あのとき気づいて。それで、ふだんわたしは、どうしても自分のオペレーションを中心に紙野君の動きを見ているんだけど、そうじゃなくて、紙野君の目線に立ってみたら、自分で考えていた以上に負担をかけていたのに気づきました」

紙野君の優しさに甘えていただけでなく、あまつさえ、それを当たり前のように享受して感謝の念を忘れるというのは、すみれとしては自分に絶対許したくない種類の鈍さである。

「紙野君にそれだけ負担をかけているのに、お客様をちゃんと満足させる接客ができないって、経営者としてかなり問題あるよね。気づくのも遅くて、ごめんなさい」

すみれは紙野君に頭を下げた。

「――ほっとしました」紙野君が言う。「すみれさんに誤解されてるような気もして。余計な差し出口をしちゃったんじゃないかと」

「ううん、そんなこと全然ない。むしろそんなふうに気を遣わせちゃったことにも恐縮です」

「それはいいんですが、連絡先はわかるんですか、彼女――森緒さんの？」

「それが……教えてもらってないんだよね」

すみれが森緒さんの申し出を断ったあの日以来、彼女はすみれ屋を訪れていない。すみれの返答を聞いて、見限ったのかもしれない。そうだとすれば、こちらから彼女に連絡する手段は存在しないのだ。

「わたしがうかつでした……」

がっくりうなだれると、紙野君がくすっと笑う声が聞こえた。すみれは顔を上げる。

「いいんじゃないんですか、またお店に来てくれたときに話をすれば」紙野君が言った。

「そうか……そうだよね。けど――また来てくれるかな」

心許ないすみれに向かって、紙野君は、

「来てくれますよ、きっと。でも――もし来なかったとしても、これまでどおりふたりで頑張ればいいんじゃないですかね」と、軽やかに言った。

サンドイッチ・ラプソディ

1

「新メニュー、ですか？」

すみれは「企画書」と題されたA４の書類を手にして、テーブル席の向かいに座る明美《あけみ》さんに訊ねた。

「そうよ。面白そうでしょ？　やってみない？」明美さんが挑発的に胸をそらす。

彼女は五十代だが、身体のラインがはっきりとわかるブランドもののスーツを身にまとい、メイクにもいっさい隙がない。とても「現役感」の強い女性だ。

フルネームは宍戸《ししど》明美。紙永《かみなが》出版という出版社で雑誌の編集長を務めている。『食卓賛歌』という月刊のグルメ雑誌だ。すみれ屋も一度、「気になる新店」というコーナーで取り上げられたことがある。

記事を書いたのはライターだが、取材には編集長である明美さんが同行した。以来彼女はプライベートでも何度か店を訪れるようになっている。

今日は、仕事の話がある、とあらかじめ電話でアポイントメントを取ったうえでの来訪だ。すみれはランチとディナーの間のアイドルタイムを指定し、明美さんは時間どおりにやって来た。

「来月号で、サンドイッチの特集をするの。そのなかの企画のひとつとして、すみれさんには新しいサンドイッチメニューを開発して欲しい」

そして彼女は単刀直入に切り出したのである。

「三人のシェフに新作を誌上でお披露目してもらうという企画。ほかのふたりは引き受けてくれたわ。ただし、条件があるの」

「条件……？」

「今回依頼するのは、三人とも、サンドイッチを看板メニューにしているカフェのシェフ。で、条件というのは、三人とも、これまでお店のメニューにはなっていない種類のサンドイッチを、編集部で指定して、それをテーマの縛りとしてもらう。ほかのふたりのシェフには、それぞれ、バゲットを使ったカスクルートと、ベトナムのバインミーをお願いしているの。どちらも、それまでお店にはなかったメニュー、という条件で」

「それで、わたしのテーマは……？」

「ホットドッグ」

「ホットドッグ？」

「ほかのふたりには、創作系のメニューをお願いしてるんだけど、すみれさんには、そうでなく、できれば本場感たっぷりという注文をつけさせて。サンドイッチという名称の発祥の地はイギリスだけど、すみれ屋のサンドイッチの魅力は、それが海を渡ってダイナミックな進化を遂げたアメリカを感じさせる骨太なところだと思う。フィリーズチーズステーキサンドイッチしかり、コンビーフサンドイッチしかり。ヘルシー志向なんてくそくらえ。欲望に忠実な食べ物こそ明日への活力なのよ。すみれ屋へ一歩足を踏み入れるとき、わたしはダイエットという言葉を忘れることにしているわ」

明美さんがにっこり笑う。

「サンドイッチには無限の可能性があって、最近でもそれこそごちそう系トーストとか具だくさんのビジュアル系とかワッフルサンドとか、日本にもいろいろ進化の波が押し寄せてるけど、すみれ屋はそういうムーブメントとも一線を画してる。アメリカではポピュラーでもはや郷土食みたいになっているものを、すみれさんは変に日本的にアレンジせず、素材も味もルックも、本場を感じさせてくれるように作っていて、わたしはそこが好きよ」

「……ありがとうございます」

「ホットドッグも、いまやすっかり日本人にとってお馴染みの食べ物で、パン屋さんでもファストフード店でもコンビニでも気軽に手に入るけど、本場アメリカを感じさせてくれるものは、なかなか食べられないでしょ？　最近、本格的なホットドッグを食べさせてくれるお店は少しずつ増えてきてるけど――わたし、すみれさんのを食べてみたいの」

明美さんはそう言ってすみれにウィンクした。そうした仕草がさまになるのは強烈なキャラクターゆえだ。

「どう？　すみれさんだって、いつも新メニューは頭にあるはずよ。それをいち早く雑誌で紹介できれば、お店としてもメリットがあると思うけど。ね、紙野君もそう思うでしょ？」

明美さんはいきなり、べつのテーブルで、まかないのランチを食べていた紙野君に話を振った。

紙野君がこちらを向く。食べているものを咀嚼しながらしばらく考えて、

「僕は、メニューについて口出しする立場にありません」と答えた。

「そう。じゃあ、ほまりさんは？」

明美さんの矛先は、紙野君の隣で食事をしているほまりさんへと向いた。

森緒ほまりさんは、二週間ほど前からすみれ屋で働いている。彼女についてすみれが考えをあらためたあと、お客様として店に来てくれたのだ。すみれが謝罪をし、この前の回答を撤回して、手伝いをお願いしたいと頼むと、快く引き受けてくれた。

「はい。わたしは――わたしも、すみれさんのファン兼一番弟子として、師匠が作る

ホットドッグ、食べてみたいですー」

屈託のない笑顔で言った。

「満場一致ね」明美さんがすみれに向き直る。

「いや、いまの、満場一致って言わないと思いますけど――」明美さんの強引さに、すみれは苦笑する。「期限はどれくらいですか？」

「そうね。できれば、二週間後には撮影したい」

「――わかりました。お引き受けします」

「ありがとう」明美さんが満足げにうなずく。「編集長としても、いち常連としても、楽しみにしてるわ」

彼女はそう言って店を出て行った。


「アイディア、もう浮かんでるんですか、すみれさん？」

明美さんが帰ったあとで、ほまりさんがすみれに問いかけた。

「ううん、まだ。ホットドッグはわたしも大好きだけど、お店で出すことは考えてなかったから」

「じゃあ、これから考えるんですねっ」ほまりさんの声が弾んでいる。「やだ、楽しみすぎる。すみれさんの厳しい基準をクリアしてお店の定番になれるホットドッグなら、絶対美味しいもの」

「あんまりハードル上げられても、困るけど」

「そんなことないです。一番ハードル高くしてるのは、わたしなんかじゃなくて、ストイックなすみれさんご自身ですよ？」

たしかに、すみれは、いたずらにメニューを増やすことをよしとしていない。とくにランチメニューはそうだ。

すみれ屋では、ランチメニューは二品を日替わりで提供している。ひと品はカレーやシンガポールチキンライスや中華風ちまきなどさまざまだが、もうひと品はサンドイッチと決めている。

すみれは子供の頃からサンドイッチが好きだった。しかし、広い意味でのサンドイッチがある意味特別なものになったのは、大学時代、アメリカ留学を経験したのがきっかけだ。

現地では、日本ではまだ一般的でなかったようなサンドイッチや、おなじ名前でも、日本で食べられているのとはパンや具の素材などが異なるサンドイッチにたくさん出合った。アメリカ国内を旅行したさいにも、各地のサンドイッチを食べ比べるのが楽しみのひとつとなっていた。ちなみに、ここでサンドイッチとひとくくりにしているもののなかには、ハンバーガーやホットドッグも含まれる。

カフェの開業を思い立ったとき、サンドイッチを看板メニューにしようと考えたのは、だから当然の成り行きと言えるかもしれない。そのさいすみれの念頭にあったのは、アメリカで食べて感激したような、明美さんの言葉ではないが骨太なサンドイッチだった。日本ではサンドイッチといえば軽食の代名詞だが、そうではなく、一品でメインディッシュとして成立するような料理。食べ応えはもちろん、具材には、理想的には肉や魚など動物性タンパク質の存在感があって欲しい。

本場で食べた感動に近づけることをすみれはまず第一に心がけている。ほかの多くのカフェと比べ、サンドイッチの原価率は高いと思うが、パンにも具材にも可能なかぎりこだわった。サンドイッチはべつに高級な食べ物ではないが、現在メニューに載せているラインナップに関しては、そうどこでも食べられるものではないはずだという自負はある。

ほまりさんの言葉は正鵠を射ている。サンドイッチに関してだれよりも厳しい基準を設けているのはすみれ自身だ。いくつか検討している新メニューはあったが、そのなかにホットドッグはない。

二週間の間に決まるだろうか？

明美さんの言うとおり、彼女の企画には店にとって大きなメリットがあると思えた。だがなにより、すみれが最も大切にしている、すみれ屋のいわば核となる部分を完璧に理解してくれたうえ、そこが好きだと言い切ってくれた明美さんの意気に感じて引き受けたチャレンジだった。慎重派の自分としては、ずいぶん思い切った決断をしてしまったものだ。遅ればせながらそう認識した翌日、すみれは、思いがけない相談を受ける。

2

すみれは毎朝、六時に起きるようにしている。顔を洗って、ゴミを出す日はゴミ出しして、店の前に置かれたプランターに水をやるのが日課だ。

ちょうど水をやり終えたタイミングで、大泉さんが店にやって来た。大泉さんは、近所にあるパン屋の店主でパン職人だ。すみれがこの場所で開業することを決めた理由のひとつが、大泉さんの存在だった。

にこやかでふくよかな中年男性である大泉さんは、地元に根ざしたパン屋の二代目だ。が、昔ながらのパンを作るだけでは飽き足らず、フランスでも修業した経験を持つ、懐の深い職人だ。

開業するに当たり、すみれは彼に、自分が理想とするサンドイッチのイメージを話し、それに合わせて新たなパンまで開発してもらっていた。ありがたいことに、大泉さんは、そうした挑戦を楽しんでくれる人だったのだ。

その朝も、大泉さんは、店のロゴが入ったかわいらしいヴァンで乗り付けると、白衣の袖を肘までまくったいつもの姿で、番重《ばんじゅう》と呼ばれる箱に入ったパンを、すみれ屋のカウンター内の定位置に置いた。

「たしかに。ありがとうございます」

注文したパンを確認したすみれが言うと、大泉さんは、遠慮がちに切り出した。

「玉川さん。じつは、相談、というか、お知恵を拝借したいことがあるんだけど、聞いてもらえるタイミングって、あるかな？　二十分もあれば話せると思うんだけど」

「いまでも大丈夫ですよ」

「そう？　よかった。じゃあ、聞いてもらいたいんだけど――」

大泉さんの話は、以下のようなものだった。

大泉さんが営む大泉パン店の常連に、飯山伸子《いいやまのぶこ》さんというお客様がいる。五十代の主婦で、建築会社に勤務する夫の邦夫《くにお》さんとふたりの子供という家族構成だったが、数年前に夫の父親が他界したあと、ひとりになった母親を家に迎え入れていた。飯山さんにとって姑に当たるその女性の名は、富代《とみよ》さんという。

八十歳になる富代さんには、夫を亡くしてから老人性うつの症状が現れた。めっきり落ち込んで口数が少なくなり、すっかり無気力になってしまった。反応が鈍くなり、周囲との意思疎通が困難になることも多く、家族は最初、認知症を案じたが、医師に診《み》てもらったところそうではなく、うつだという診断結果が出たのである。薬が処方され、それを服《の》むようになって少しずつ症状は改善されたが、どことなく無気力な様子は変わらない。

その富代さんが、しばらく前から、飯山さんが作る食事にほとんど手をつけなくなった。こうなる以前は、飯山さんの料理を美味しいと言って食べ、残すようなこともなかったので、飯山さんは心配になり、美味しくないのかと訊ねた。すると富代さんはこう答えたという。

「――あたしはね、ハンバーガーが食べたいの」

「ハンバーガー？」まだ大泉さんの話は途中だったのだが、その時点ですみれは、思わずそう問い返していた。

「うん。ハンバーガー」大泉さんがうなずく。

「お姑さん、もともと好き嫌いはなく、和洋中を問わず食事はなんでも喜んで食べていたんだって。飯山さんがときどき、食べたいものはないか訊いていたそうだけど、きんぴらごぼうとかコロッケとかとろろ蕎麦とかっていう家庭料理のリクエストはあっても、ハンバーガーって言われたことはない。だから彼女も意外に思ったそうだよ」

「で、どうされたんですか？」

「飯山さんも料理は得意だけど、ハンバーガーは買って食べるものだと思っていた。だから、近くのファストフード店でハンバーガーをテイクアウトした」

袋から取り出され、包装を解かれたハンバーガーを見た富代さんの目には、久しく消えていた光が宿ったかに見えた。が、それはつかの間にすぎず、手に持ってひと口かぶりつくと、すぐにそれは消え、彼女は落胆した様子でハンバーガーを包み紙の上に置き、それ以上手を出そうとしなかった。

「どうしたんですか、お義母《かあ》さん？　ハンバーガー、食べたかったんですよね？」

飯山さんは富代さんにそう訊ねた。すると富代さんはこう答えた。

「……これじゃないの」

「あ、もしかして、チーズ入りのやつとかがよかったんですか？」

富代さんは下を向いたまま、首を横に振る。

「冷めちゃったから、美味しくなかったのかな？」

富代さんは、うつむいたままなにも答えない。近頃は、こうやって反応をしなくなる時間がどんどん長くなっている。

「今度は、ちがうお店のを買ってきますね」

とにかく一瞬でも、ハンバーガーを目にした富代さんには、めざましい変化が見られた。意思の疎通が取れただけでもありがたい。このまま食が細くなってゆくのも心配だ。邦夫さんが働く間、日中ずっとふたりきりで過ごす飯山さんにとって、富代さんが食べたいと言ったハンバーガーが、一縷《いちる》の希望となったのは当然だろう。

子供たちふたりは成人して実家を離れている。彼女はその夜、帰宅した夫の邦夫さんにハンバーガーの話をした。

「へえ、ハンバーガーねえ」邦夫さんも意外に思ったようだ。

「お義母さん、ハンバーガー、お好きだったの？」

「いやあ、そういう記憶はないなあ」

「だったら、どうして突然、そんな……」

「わからんな。明日、訊いてみよう」

翌日は休日だったので、邦夫さんは母親に、ハンバーガーを食べたい理由を訊ねた。

「……ジョーさんのハンバーガー、思い出したの」富代さんはそう答えた。

「ジョーさんのハンバーガー？」すみれはまた大泉さんに問い返していた。

「富代さんはそう言ったんだって」大泉さんが言う。

「……どういう意味かしら？」

富代さんの息子である邦夫さんにも、思い当たる節がなかったという。

「ジョーさん、って、だれ？」

そう訊ねると、富代さんは、

「……横浜の」と答えた。

「横浜……あ、もしかして――」

それでようやく、邦夫さんにも見当がついてきた。

富代さんは、幼い頃、横浜に住んでいたことがあった。彼女が中学生のとき、父親が亡くなったのをきっかけに引っ越すことになるまで、富代さんはそこで、なに不自由ない幸せな少女時代を送っていたという。

父親の死後、富代さんは打って変わって貧しい生活を送り、夫となる飯山氏と結婚してからもなにかと苦労がつづいた。富代さんは我慢強い人で、いいこともわるいことも、過去の話はあまりしなかった。しかし、ごくたまに、横浜で暮らしていた当時のことをぽつりぽつりと邦夫さんに語ることがあった。

富代さんの少女時代は第二次大戦の戦中戦後と重なる。彼女の父親は、戦前から、横浜に住む外国人に日本語を教える日本語学校を開いていた、日本語教師だった。戦時中、アメリカ人を中心とする外国人の多くは日本を去ったが、戦後数年して、アメリカから派遣されたキリスト教の宣教師が来日すると、横浜や東京でふたたび彼らを相手に日本語を教える仕事に就くようになる。

横浜に暮らす宣教師のひとりとは家族ぐるみで交流する仲にまでなった、という話を聞いたことがあるのを邦夫さんは思い出していた。お互いの家へ招待し合ったこともあり、そういえば少女だった富代さんはアメリカ人の家で食べたご馳走にびっくりした、と話していたこともある。

「横浜にいた頃、アメリカの人にご馳走になったんだね、ハンバーガー？」

邦夫さんが訊ねると、富代さんは、うなずいた。

「それを食べたいっていうのかぁ」

富代さんが、また、うなずいた。

「いや、それは難しい――っていうか、無理だよなぁ」

邦夫さんは伸子さんに同意を求めた。

「お義母さん、子供の頃、ハンバーガーを食べてきっと感動されたのよね。いまみたいに、ハンバーガーを当たり前に食べられる時代でもなかったと思うし」

「だよなあ。そりゃチェーン店のお手軽な味じゃ、満足できないわけか」

「ねえ。もしかして、もっと本格的なハンバーガーだったら、お義母さん、納得してくださるんじゃない？」

「……そうか。試してみる価値はありそうかもな。つき合ってもらえるか？」

飯山夫妻は、その日、富代さんを、ネットで調べて見つけた、さほど遠くない場所にある、いわゆるグルメバーガーの店へと車で連れて行った。

ふたりで相談して、注文するものを三人すべてちがえるようにした。ハンバーガー、チーズバーガー、ベーコンチーズバーガーの三種類だ。

テーブルに運ばれたハンバーガーを見て、飯山夫妻はおどろいた。どれもすごいボリュームだ。おまけに、フライドポテトもたっぷり添えられている。

富代さんに、どれでも好きなものを、と勧めると、彼女はハンバーガーを手に取った。口のほうを近づけるようにして、ひと口かじる。ゆっくり咀嚼して、ハンバーガーを皿に戻した。

「……こんなんじゃない」しばらくしてそう言った。

「じゃあ、こっちは？　チーズ入り。こっちは、チーズにベーコンも入ってる」

邦夫さんが勧めたが、富代さんはもう手をつけようとしなかった。

飯山夫妻は、残りのハンバーガーを食べた。これまで食べたことがないと思えるほど美味しいということで意見が一致する。パンは風味豊かでほんのり香ばしく、パティはジューシーで、噛むほどに牛の旨みが口いっぱいに広がり、チーズやベーコンとの相性も申し分なかった。最初に見たときは、とても食べきれないと思ったが、ふたりとも、フライドポテトをゆっくりつまんでいる富代さんを気にしながらも、夢中になって頬張るうち、完食していた。

「言っちゃわるいけど、俺がこれまで食べてきた、チェーン店のハンバーガーはなんだったのかってていうくらい、美味かったのになあ。あれでも駄目っていうと、そのジョーさんとやらが作ってくれたハンバーガーは、どれだけ美味かったんだろうな」

帰りの車中、邦夫さんが、運転席で疑問を発した。

「というより、記憶のなかで美化され、理想化されちゃって、現実のハンバーガーではいくら美味しくても、追いつけなくなってるのかも。ねえ、お義母さん？」

後部座席から伸子さんが言った。

「おふくろ、さっきのハンバーガー、美味しくなかった？」

邦夫さんが、助手席の富代さんに訊ねる。

富代さんはすぐには反応しなかったが、しばらくして、ゆっくりと首を横に振った。

邦夫さんはそれを横目で確認して、

「そうか。不味《まず》くはなかったんだ。でも……じゃあ、なにが足りなかったの？」

富代さんは、しかしそこで口をつぐんでしまい、その質問に答えることはなかった。

ふたりきりになると、飯山夫妻は、富代さんが求めている「ジョーさんのハンバーガー」について考え、帰りの車のなかでの伸子さんの推論が正しかったのかもしれない、という結論に達した。となると、富代さんの願いを叶えてあげるのは不可能に近い。飯山夫妻はあきらめることにした。

が、その後、富代さんの食はどんどん細くなり、ふたたび元気もなくなってきたため、もう一度だけハンバーガー探しに挑戦してみた。今度は発想を少し変え、向かったのは、横浜にある老舗のアメリカンな洋食屋さんだった。ピザやフライドチキンやステーキといった料理のほか、クラブハウスサンドイッチやハンバーガーもメニューにある。

邦夫さんは車で横浜の元町や本牧など、昔ながらのたたずまいが残る街並みをドライブしたあとで、富代さんをその店へ連れて行った。富代さんが住んでいた当時と比べればだいぶ面影は変わっているだろうが、懐かしい思い出の場所を見ることがいい刺激になるのではないかと考えたのだ。

邦夫さんと伸子さんが説明をしながらのドライブだったが、助手席に座る富代さんの反応は鈍いままだ。訪れた店のハンバーガーも充分美味しいものだったが、残念なことに、やはり富代さんが納得することになく遠征も空振りに終わってしまった。

「——という話なんだけどね。僕じゃなくワイフが、飯山さんと話して聞いたそうで、僕はワイフから聞かされた。自分もパン屋だし、なんとかしてあげられないかなと思ってね」

「なんとかって……」

「富代さんが満足するようなハンバーガーを、作ってあげられないかなと」

「でも、いまのお話を聞くと、それはちょっと難しいんじゃ……」

「うん。僕ひとりじゃ、無理だ。だから、玉川さんのお知恵を拝借しようと思って。玉川さん、アメリカの留学経験もあるし、本場のハンバーガーに詳しいでしょう？」

「それはまあ、ふつうの人より少しは。だけど最近のグルメバーガーのお店はどこも本格的で、わたしも何店か食べ歩いてみましたけど、ある意味本場以上と言えるようなお店もあります。正直、それを超えるハンバーガーを作るのは、簡単じゃありません」

「そうかな。というか、僕は、富代さんが満足しない理由は、ハンバーガーの美味しさが問題じゃないんじゃないかなって思ってるんだ」

「……どういう意味ですか？」

「考えてみて。子供の頃感動した懐かしの味って、いまを基準にしたら、それほど高級でも美味しくもなかったりするでしょう？　駄菓子なんかもそうだし。僕も、大人になって本格的なイタリア料理店でかなり美味しいパスタを食べてるのに、いまだに、子供の頃はじめて食べた近所の喫茶店のナポリタンがじつは一番好きだったりするからね。玉川さんにも、そういうものはあるんじゃない？」

なるほど。その感覚はすみれにも理解できる。

「そうかもしれませんね。ちょっとちがうかもしれませんが、わたしも、静岡出身なので、大人になって東京や京都の美味しいおでんを食べても、やっぱり一番好きなのは、子供の頃はじめて食べた静岡の黒おでんです」

「でしょう？」大泉さんが、わが意を得たりとばかりに微笑んだ。

「飯山さんのお話からすると、富代さんが昔食べたのは、お店で出したハンバーガーじゃなかったんじゃないかって思ったんだ。横浜といえば、本牧は戦後すぐ米軍に住宅地として接収されてそのなかはいわば小さなアメリカみたいだったけど、日本人は立ち入り禁止で、ふつうは入れなかったみたいだからね。どうも富代さんは、お父さんが親しくなったアメリカ人のお宅に招かれてそこでハンバーガーをご馳走になったみたいでしょう。専門店の味とはちがうんじゃないかなって」

「そうか。アメリカでは、バーベキューをすると、必ずと言っていいほど一家の大黒柱である父親がハンバーガーを作りますもんね。もしかしたら、富代さんも、そういう場面でご馳走になったのかも」

「僕もそう考えたんだ。とすれば、それは、アマチュアの料理だよね？　あるいは、もしかしたらお抱えのコックさんでもいて、その人が作ったのかもしれないけど、当時の日本で手に入る材料で作るという制約がある。米軍接収地のなかにはＰＸっていうスーパーみたいなのがあって、そこでは当時の日本人が食べられないような豊かな食材も手に入ったらしいけど、戦後急成長して飽食のバブル時代を経験したいまの日本で、素材にもこだわって厳選し、それを専門にしているプロが作ったハンバーガーとは、なんていうか、方向性がちがうんじゃないかっていう気がするんだよね」

「あ、それは、そうかも」

「もっとこう、手作り感のあるハンバーガーではなかったかなと。とすれば、僕にも再現できるかもしれない。僕はパン作りのプロだけど、うちの店ではハンバーガーは出していないし、玉川さんのような知識もない。そこで玉川さんのお知恵を拝借できないかって」

「そうだったんですか……」

すみれは大泉さんの意図を了解する。そこで、ひらめいた。

「あの、大泉さん。その話……よかったら、わたしにハンバーガーを作らせてくださ い」

「えっ……ほんと？　玉川さんに作ってもらえるなら、そりゃあ大助かりだけど、いいの？　忙しいじゃない、玉川さん」

「ほまりさんが来てくれて、少し余裕ができました。いまわたし、お店で出したことのない新メニューを考えているところなんです。ハンバーガーも、研究を兼ねて作ってみようと」

「そうなんだ？　そりゃすごいタイミングだったね」

半分は事実だが、もう半分は、日頃お世話になっている大泉さんの役に立ちたいという思いからの申し出だ。

「大泉さん、バーガーバンズのご提供、お願いできますか？」

「――もちろん！」

3

「すみれさんがハンバーガーを？　わあー、食べたいですー」

出勤したほまりさんに、大泉さんとの話をすると、彼女は両手を顔の前できゅっと握り、笑顔を弾けさせた。彼女のようなかわいらしい女性に子供のように無邪気なリアクションをされると、同性であるすみれもどきっとする。男性ならばたまらないのではないか、と、すみれはおじさんじみた想像をする。

ほまりさんは毎日通ってくれている。彼女は短大を卒業してからずっと、いくつかのカフェで働いてきた。すみれが想像していたとおり、いつかは自分の店を持つのが夢なのだという。

「わたし、すみれさんとおなじように、ブックカフェをやってみたいんです。といっても、子供の本専門の」

先日、近所にある中華料理店で開いた歓迎会で、彼女はすみれと紙野君にそう語った。

「あら、素敵」すみれが言うと、紙野君もうなずいた。

「小さい頃から、絵本や童話が大好きだったんです。昔は絵本作家や編集者にも憧れたけど、自分は書いたり創ったりする側ではなく、読む側の人間だなって、わりと早くに気づいて。それより、お菓子を作ったりするほうが得意だから、できれば好きと得意を組み合わせた仕事ができたらいいなと思うようになったんです」

「それで、子供の本のブックカフェなのね」

「はい。これまでカフェで働いてスイーツ作りは経験させてもらったんですが、すみれさんのサンドイッチを食べて感動して、サンドイッチも勉強したいって思って。はじめて来たとき、古書スペースで紙野さんが『こどもの本』というフェアを展開されていたことにも勝手に運命を感じてしまいました」

「そういえば、たしか、『光村ライブラリー』を買ってくれたんだよね」

紙野君が言った。

「はい。第一巻」

「『光村ライブラリー』って?」すみれは訊ねた。

「光村図書っていう名前、聞いたことありませんか？　主に教科書を作っている出版社です」

「うん、聞いたことある」

「そこが、過去に小学校の国語の教科書に載せてきたたくさんの作品から、よりすぐりのものを収めたアンソロジーのシリーズを出したのが、『光村ライブラリー』です。一番古いのは、昭和四十六年から。自分が子供の頃触れた懐かしい作品をもう一度読んでみたいと買う大人も多いんですよ」

「面白そう。まだ在庫あったら、わたしも買いたい」

「ありますよ」紙野君は微笑んだ。

「わたしみたいな児童文学好きでも、これまで本になってなくて知らなかった作品もあったりして、おすすめです」とほまりさん。

「第一巻の『チックとタック』っていうお話がまさにそれで、いままでなんで知らなかったんだろうと心から思えるようなかわいい作品でした。そんな出会いもあって、なおさらすみれ屋さんで働かせてもらいたいなって。そもそも、わたしがお菓子作りをはじめたきっかけも、児童文学だったんです。『長くつ下のピッピ』を読んで、クッキーを作りたくなったり、『ムーミン』シリーズを読んで、ジャムを作りたくなったり」

「あー、あるよねえ。わたしも、子供の頃から食いしん坊だったから、本を読んでいて、自分がまた食べたことのない食べ物が出てくるとわくわくしたもの。『若草物語』を読んで、ブラマンジェってなんだろうと思ったり、『赤毛のアン』で、アンが友達にいちご水とまちがえて葡萄酒を飲ませちゃう場面で、そもそもいちご水ってなに？　かき氷にかけるいちごシロップみたいなもの？　って氷水にいちごシロップを入れて飲んでみたり」

「たしかに」と紙野君が話題に加わる。「長く読み継がれるような児童文学には、食べ物の美味しそうな描写がかなりの確率である気がするな。俺は、『小さなバイキング』で主人公のビッケが、オオカミを知恵でやっつけたあとで〝バタつきパン〟を食べる場面が好きだったなあ」

「あの描写、わたしも大好きです！」ほまりさんが声をあげる。「〝バタつきパンに蜂蜜をつけて一枚食べ、チーズをのせて一枚食べ、ハムをのせて一枚食べ、コケモモの実のジャムをつけてもう一枚、くん製にしたウナギをのせてもう一枚、ソーセージをのせてもう一枚、それからチーズをのせてもう一枚食べました〟」

「すごい！　暗誦できるの」すみれはびっくりする。

「完璧です」紙野君はそう言って、ほまりさんに訊ねた。「『エルマーのぼうけん』で、どうぶつ島へ向かうときにエルマーが持って行った食べ物は？」

「ええと……〝チューインガム、ももいろのぼうつきキャンデー二ダース〟、それから〝ピーナッツバターとゼリーをはさんだサンドイッチを二十五と、りんごを六つ〟」

「素晴らしい」紙野君が賛嘆する。

「本当に児童文学が好きなんだね」すみれは心から感心した。

「わたしも、食いしん坊だったんです、子供の頃から」

ほまりさんが恥ずかしげに笑う。

「すみれさんではないですが、『カロリーヌカナダへいく』で、メープルシロップを雪に垂らして冷やし固めた場面を読んで、母親にねだってメープルシロップを買ってもらって、冷凍庫で飴にしたりする子供でした。いまだに、『チックとタック』を読んでも、ふたりがこっそり食べる、〝ぎゅうにくのつけやき〟ってどんな味だろう、ってわくわくしちゃうし」

すみれは思わずにっこりしてしまう。ほまりさんとはどうやら気が合いそうだ。そこで、あることを思い出してはっとする。

「――あっ。そういえばわたしも、はじめて作った料理は目玉焼きだったんだけど、それって、『くまの子ウーフ』で、主人公のウーフが朝ご飯で美味しそうに食べてるシーンがすごく印象的だったからだ――！」

「あの場面はたしかに記憶に残りますよね」紙野君が同意する。「ものすごくシンプルな描写なのに、玉子の黄身のとろっとした美味しさまで伝わってくる。俺も子供の頃、まねして、目玉焼きの黄身をスプーンですくったりしてました」

「やっぱり？　ウーフのお母さんの料理、食べてみたいっ、って思いながら読んでた」

そう。すみれが料理を作りはじめたのは、小学校に上がったばかりの頃だったが、そのきっかけは『くまの子ウーフ』だったのだ。それから大人になるいままで料理をつづけ、仕事にまでしている原点には、絵本があったということになる。すっかり忘れてしまっていたが。

ほまりさんの話をきっかけに、自分にとってとても大切なことを思い出せた気がした。自分とほまりさんの原点は似ている。やはり彼女とはうまくやっていけそうだ――すみれはそう感じた。

「そもそもすみれさんは、これまでなんでハンバーガーをお店で出さなかったんですか？　あまり好きじゃないとか」

すみれ屋で、ほまりさんがすみれに訊ねた。

「そんなことはない、大好きだよ。ただ、日本でもしばらく前から、本格的なハンバーガー・ショップが増えてるでしょう。手軽なチェーン店だけでは飽き足らず、高価でもさらに手がかかった個性あるハンバーガーを食べたいと思う人たちは、そういう専門店へ足を運ぶ。それに、日本には、ハンバーガーはハンバーガーという食べ物で、サンドイッチとは別物、って考えてる人、多いよね？　サンドイッチをメインに売り出すに当たって、ハンバーガーもラインナップに入れると、どちらも印象が薄まって、お店自体も特色がなくなっちゃうと思ったの」

「あー、なるほど。たしかにそうですね」ほまりさんがうなずいている。「ハンバーガーはサンドイッチと別物、っていう考え方、あると思います。ハンバーガー・チェーンのメニューだと、ぎりぎりサンドイッチに含まれるのは、イングリッシュマフィンまで、みたいな。でも、マフィンなんて、形だけを見たら、円形のパン二枚で具材を挟んでるのは、ハンバーガーと一緒ですよね」

「ほんと。ホットドッグも、サンドイッチじゃないって思われがちかな」

「不思議だな。おなじ細長いパンに挟んだものでも、チェーン店のサブ・サンドは、サンドイッチとして認識されてるのに。バナナはおやつに入りますか？　みたいな。ちなみに、すみれさんが考えるサンドイッチの定義って、どんな感じなんですか？」

「わたしは、サンドイッチを広く捉えているほうだと思う。なんらかの具材をパンで挟んだもの。したがって、ハンバーガーはサンドイッチに含まれる。ただ、具材を挟んでいない、オープンサンド、たとえばフランスのタルティーヌはうちでもディナーで出してるけど、あまりサンドイッチとは思えないかな」

「なるほど。ではわたしも、今後はその定義を使わせてもらおうっと。ところですみれさん、その、ジョーさんのハンバーガーには、どんなアプローチを考えてるんです？」


大泉さんとの会話で、すみれの頭に浮かんだことがある。すみれがその案を話すと、大泉さんも「それはいいアイディアだ！」と手を打ち、協力を約束してくれた。富代さんが納得できない理由は、ハンバーガーの美味しさだけではないのではないか、という大泉さんの推理を前提としたアイディアだ。

大泉さんにも話したとおり、アメリカではハンバーガーは、必ずしも外食するだけのものではなく、バーベキュー・パーティにつきものとも言える食べ物なのだ。そして、アメリカ人にとって、家族ぐるみの交際で相手をバーベキューに招くのはいたって自然だ。少女時代の富代さんが、そうした席で振る舞われたハンバーガーを食べて強い印象を受けたとしても不思議ではない。

飯山さんが最初にテイクアウトしたチェーンのファストフード店も、その後赴いた二店のハンバーガーショップも、いずれもミートパティは鉄板《グリドル》で焼いている。もちろんそれでも美味しいハンバーガーは作れるが、バーベキューの醍醐味と言えばなんと言っても炭火である。赤外線による輻射熱の効果で肉の内部に旨みを閉じ込めると同時に、グリルすなわち直火焼きした肉からしたたり落ちた余分な脂が炭火で煙となって肉を燻す。このさい肉につく香ばしい燻煙香もバーベキューならではだ。

これを再現しようというのがすみれのアイディアだった。

実行するのは、すみれ屋の定休日。

すみれは材料や調味料を仕込んでおき、クーラーボックスなどに入れ、大泉さんの迎えを待つ。大泉さんが焼いたバーガーバンズを積んだ車でピックアップしてもらって向かうのは、飯山さん宅から一番近くでバーベキューができる公園だ。

あらかじめ予約しておいたバーベキュー場で熾《おこ》した炭火で焼いたミートパティを、網の上に敷いた鉄板で表面をかりっと焼いたバーガーバンズに、ピクルスと一緒に挟んでケチャップで味つけする。アメリカの家庭のバーベキューで、ごく一般的に作られるような家庭の味を目指した。

と言っても、ミートパティは、すみれが牛肉を手動のミートチョッパーで少し粗挽きのミンチにしたもので作っている。アメリカですみれが学んだ知識にしたがい、使った肉の部位は、赤身と脂身の割合が、ミートパティに理想的な八対二の割合になる、肩ロースだ。その数字はアメリカでポピュラーなアンガス牛を基準としているので、ふだん仕入れをしている肉屋さんに、その品種のものを仕入れてもらった。

つなぎを使わず、味つけはシンプルに塩コショウのみ。アメリカではそれが一般的だし、牛肉の美味しさをダイレクトに味わえるはずだ。大泉さんに注文したバーガーバンズは、生地自体に主張のある全粒粉や、セモリナ粉を混ぜたものでないホワイトバンズで、焼き加減もソフトにしてもらい、トップには胡麻などのシードをまぶさずあくまでシンプルなものにしてもらった。完成したバンズは、まさにすみれがイメージしたとおりのプレーンな仕上がりだった。

炭火でミートパティを焼くのは久しぶりだったが、編み目状のきれいな焼き目もついて、まずは上出来だった。念のため、一番シンプルなもののほかに、スライスチーズをパティに載せたもの、トマトとレタスを加えたもの、それらすべてを挟んだもの、全部で四種類を作った。できたてを手早くワックスペーパーに包んで保温できる容器に入れ、大泉さんに渡す。大泉さんはすぐに車を出して、飯山さん宅へ向かった。公園からは十五分ほどの距離だ。

もちろん飯山夫妻の了承は得ている。大泉さんの提案を聞いて、びっくりしたが、大歓迎してくれたという。

「美味しいー！　シンプルなのに、完璧なバランスですよねえ」

まずはほっとして大泉さんを見送ったすみれの傍らで声をあげたのは、ほまりさんだ。

すみれの計画を聞いた彼女は、ぜひ自分も手伝いたいと申し出てくれた。すみれが、休日出勤してもらうつもりはないからと辞退すると、

「正直に言うと、お手伝いというか、わたしもそのハンバーガー、食べてみたいんです。その日は予定もありませんし、遊びに行ってもいいですか？　なんなら材料費も払います。ていうか、せっかくなら、バーベキューもしませんか？　紙野さんも一緒に行きましょうよ」

「あ、俺も行きたいです。バーベキュー、賛成」

ほまりさんの誘いに、紙野君は意外なほど軽いノリで応じた。というわけで、ほまりさんの隣で、紙野君も、缶ビールを片手にすみれが作ったハンバーガーを食べている。ふたりには、チーズを加えたものを出した。

「めちゃめちゃ美味しいです、すみれさん。太陽の下で食べると最高の味ですね」

紙野君が言った。

「俺、後悔してます。なんですみれさんを、これまでバーベキューに誘わなかったんだろ」

「じゃあわたしに感謝してくださいね、紙野さん」

ほまりさんが誇らしげに胸を張った。

「心より御礼申し上げます、ほまりさん」紙野君が芝居がかった様子でお辞儀した。

なんだか楽しそうだ。

しかしすみれにそんな余裕はない。自作したハンバーガーを食べてみる。うん、狙ったとおりの仕上がりだ。留学生の頃、現地で知り合った友人の自宅に招かれたバーベキュー・パーティで食べ、感激したのを思い出す。炭火の燻香をまとった肉の、余計な脂が落ち、ぎゅっと旨みが閉じ込められたジューシーな美味しさを、ほんのり甘みのあるバンズが受け止める。美味しいバンズとパティを使い、できたてなら、ハンバーガーはこんなにシンプルでも美味しいのだ。すみれは満足する。だが——はたして、富代さんはどう感じてくれるのだろう?

最初にハンバーガーを食べてしまうとだいぶお腹も膨れてしまうが、紙野君とほまりさんは、用意してきた具材を焼いて、バーベキューを続行している。それはふたりに任せて、すみれは、大泉さんからの連絡を待っていた。しばらくするとすみれの携帯が鳴った。大泉さんだ。

「……やっぱりちがったみたい。最初に、ミートパティだけのやつをひと口食べて、あとは手をつけなかった。ごめんね。わざわざバーベキュー場まで借りてもらったのに」

気落ちした声だ。

「そうですか……」すみれも落胆を隠せない。「いえ。こちらこそ、お役に立てずすみません。ご足労までおかけしたのに」

「あ、残ったハンバーガーは、飯山さんご夫妻が喜んで食べてくださったよ。美味しい、って！　戻ったら、僕にも作ってもらえる？」

「もちろんです」

公園に戻った大泉さんは、すみれが作ったハンバーガーにかぶりついた。じっくり噛み締め、味わったところで口を開く。

「うん、やっぱり玉川さんはすごいねえ。コンセプトどおりだし、文句なしに美味しいよ。アメリカでバーベキューに招ばれたことはないけど、手作りのおもてなしの温かみも感じる。これも駄目ってことになると……いや、ていうか、自分のパンを自画自賛することにもなるけど、ひょっとして、これでもまだ、美味しすぎたってこと？」

大泉さんが悩ましげな顔になる。そのとき、彼の携帯が鳴った。しばらく受け答えして、電話を切ると、

「飯山さん。今回は、僕が帰ったあと、富代さんからこれまでにない反応があったって」

「反応……？」

「うん。あのあと、飯山さんのご主人が、美味しくなかった？　って富代さんに訊ねたそうなんだ。そしたら富代さん『焦げ臭かった』って。そんなふうにまともに答え

てくれたの、はじめてだったので、ご夫妻はびっくりしたみたい。さらにご主人が、ジョーさんのハンバーガーと、どこがちがったの？　って訊いたら、富代さん、こう言ったんだって――『もっと柔らかくて甘いの』」

「……なんと。はじめてヒントらしきものが出てきましたね」

「うん、すごいよ。これ、玉川さんの力じゃない？」

「大泉さん。少し時間をください。もう一回チャレンジしてみようと思います」

「本当？　やってくれるの？」

「大泉さんさえよければ」

「ありがとう。ぜひお願いします。富代さんにははじめてお会いしたけど、話に聞いたとおり、痩せてうなだれて元気がなくて、なんだか見てて気の毒になったよ。できることならお力になってあげたい。玉川さんがそう言ってくれるなら、鬼に金棒です」

「すみれさん。つぎのアイディアは？」

大泉さんが引き上げたあとで、ほまりさんが訊ねた。

「まだはっきりしてないけど……富代さんの言葉をヒントにすると、まず、焦げ臭かった、っていうことは、そもそも炭火のグリルがまちがっていたと言えそうよね」

「あ、そうか」

「柔らかい、っていうのは、バンズではなくてパティのほうだと思う。今回大泉さんに注文したホワイトバンズは柔らかめに焼いてもらってるから」

「肉は粗挽きで、牛百パーのつなぎなし、ですよね。たしかにしっかりした、肉々しい嚙み心地がありました。それが美味しかったですが」

「もう少し脂身の割合を増やしたり、細かく挽いたり、つなぎを混ぜたりすれば柔らかくするのは簡単だと思う」

「甘いというのは……？」

「ふつうに考えると、ケチャップの量かな。これも増やすのは簡単よね」

そこでほまりさんが首をかしげる。

「あれ、すみれさん。もしかして、方針、決まっちゃった感じですか？」

「そうみたい」

すみれは早速大泉さんに電話して、思いついたアイディアを報告し、つぎの挑戦の段取りを決めた。

ランチとディナーの間の、アイドルタイム。ランチタイムの片づけを紙野君に任せ、すみれは料理の仕込みをし、紙野君のまかないも作っていた。ほまりさんが入ってから、彼女には仕込みを手伝ってもらっている。

作業を彼女に割り振って生まれた時間で、富代さんへのハンバーガーを作った。できあがったものは、大泉さんが車で来て受け取り、そのまま、近所にある飯山さんの家へ運び、そこで富代さんに食べてもらう。

二度目の挑戦で、すみれは、少し脂身の割合を増やして細かく挽き、つなぎとしてパン粉や牛乳を加えたミートパティを鉄板で焼いたものを前回とおなじバンズに挟んだものを、ケチャップを多めにして作った。これも具材とトッピングに変化をつけたものを予備にして。

しかし——結果は変わらなかった。

ひと口食べた富代さんは、首を横に振って、こう言ったのだ。

「……もっと柔らかいの。甘いの」

4

「ホットドッグを出してない理由？」すみれはほまりさんに聞き返した。

「はい。ハンバーガーについてはこの間うかがいましたけど、ホットドッグは聞いてなかったなあと」

アイドルタイム。片づけと仕込みなどの準備作業がすんで、ディナータイムの開店時間まで、少し余裕ができたタイミングだ。

「そうね。ハンバーガーとおなじようなものかしら。ホットドッグも、個人的には大好きなのよ。ただ一番のネックは、リアルな話になっちゃうけど、客単価の問題」

「客単価……？」

「うん。うちはランチメニューでは、サンドイッチもカレーなんかとおなじで、セットでそれなりの価格を設定してるでしょう。お客様の回転率を期待できる業態でもないし期待したいとも考えていないから、そこはなるべく下げたくないし、といって上げすぎたり、お客様にコストパフォーマンスが低いと思われたらたちまちピンチに陥る。原価率と価格でぎりぎりのすり合わせをしてどうにか確保してる客単価なの。ハンバーガーなら、きちんと作ればそれなりの価格でもまだ納得してもらえる下地があると思うけど、ホットドッグは難しいと思って」

「チェーンのファストフードとかカフェとかで、全国的にお手軽な価格で提供してるイメージ、ありますもんね。ハンバーガーみたいに、グルメな専門店もまだまだ少ない印象だし」

「それこそ本場アメリカでも、ホットドッグはハンバーガー以上に手軽に食べられてるしね。屋台でさっと買ってその場でランチをすますくらいの感覚。野球場で、野球観戦しながら食べるのに邪魔にならないイメージもあるか。当然価格もお手頃だよね」

「あ、アメリカだと、野球のスタジアムごとに、ご当地的な名物のホットドッグがあるんでしたっけ？」

「そうそう、ニューヨークはベーシックなザワークラウト入りのやつで、シカゴは薬味のペッパーやピクルスがたっぷり、とかね。野球観戦の楽しみのひとつかも」

「アメリカで、高級路線のホットドッグはないんですか？」

「うーん、最近だとあるのかな。オーガニックとか、意識が高かったり、ヨーロピアン系のお洒落なカフェとかならありそうな気がするけど、わたしが好んで食べたようなスタンダードな世界だと、記憶にないなあ。日本でも、それなりのお値段を取るお店は、食肉加工品《シャルキュトリー》に力を入れた、リッチでボリューミーなソーセージが主役の、フレンチ系だったり、ジャーマン系だったりのレストランやカフェが多い印象だよね。パンも、ロングロールじゃなくて、バゲットだったり、プレッツェル生地を使ったものだったり」

「あんまりアメリカっぽくないのか。すみれ屋のサンドイッチとも、ちょっとちがう路線ですかね」

「夜はヨーロピアンなメニューも出すし、ランチでもご飯ものはアジアンエスニックなものもあったりするけど、サンドイッチに関しては、アメリカの味にこだわってるところがあるかな。宍戸さんからもああいうリクエストがあったから、アメリカのスタンダードという線は守りたいけど、ランチの客単価のラインをキープできるものじゃないと、じっさいお店の定番にするのは厳しいんだよね」

「……あれ。わたし、無責任に応援しちゃってましたけど、宍戸編集長のテーマ、けっこう難しかったりします？」

恐縮するほまりさんに指摘され、すみれは、やはり自分は柄にもなく思い切ったことをしてしまったのだと悟った。冷や汗が出るような感覚をおぼえる。

「うん。わたしとしては、その価格帯でもお客様に納得してもらえるものは作れると思っているけど、まずお客様の先入観を変えるのがネックかなって」

「ちなみに、新メニューの候補は？」

「チリドッグ」

「……王道、ですね」

「そう。日本でも、ファストフード店なんかでリーズナブルに美味しいものが食べられるイメージが強いでしょう？」

「んー、そうかも。個人的な体験だと、グルメバーガーのお店でチリバーガーを注文すると、挽肉と玉葱だけじゃなく豆も一緒に煮込んだ、こってりしたチリ――チリコンカーンがハンバーガーの間に入ってたりして、すごく食べ応えがあるんですよね。それと比べちゃうと、ファストフード店のチリドッグのチリって、さらっとしてるっていうか、こってりしたコクよりスパイシーさを前面に出した感じで、メキシコ料理のサルサに近い印象があるかな。量も少ない気がします」

「そうなの！　わたしもまったくおなじことを思っていて。スペイン語のサルサ、って、ソースっていう意味だよね。チリドッグやチリバーガーのチリの由来になってるのは、チリコンカーン。挽肉と豆を煮込んだ、がっつり食べ応えのある煮込み料理だもの。もはやアメリカの国民食だけど、日本ではそこまで広まっていないから、ほまりさんが言ったとおり、本場感のあるチリを食べたいときは、テックスメックスの料理を謳っているお店でなければ、メニューにチリバーガーがある本格的なハンバーガー・ショップに行くのがたぶんベストだと思う。で、そういうお店では、チリドッグも出している可能性が高いんだよね。もちろん美味しいんだけど、あくまで、主役であるハンバーガーに対して脇役的なポジションで」

「わたしも、カリフォルニアに住んでる友達に会いにアメリカ行ったことがあるんですけど、向こうだと、チリドッグが有名なお店なんかもたくさんあった気がする。なるほど国民食かあ。日本のチリドッグの存在感が薄いってことですね」

「すみれ屋ではこれまで、いわゆるチリと呼ばれる挽肉と豆を煮込んだチリコンカーンも出してないし、お客様の理解が得られるかがまず心配で」

「うーん」ほまりさんはひとしきり難しい顔で考え込んでから、「大丈夫じゃないですかね」と言った。

「……そうかな」そんなに簡単に言われると、逆に不安だ。

「そうですって」

「なんでそう言い切れるの……？」

するとほまりさんは、にっこり笑った。

「だって、すみれさんが作るサンドイッチ、めちゃめちゃ美味しいですもん」

まぶしいほどに曇りのない笑顔。経営者より雇われる側のほうが、こういう点では圧倒的に気が楽でいいよなあ、とすみれは小さくため息をついた。


その夜。閉店後、すみれは、紙野君に夕食をつき合ってもらった。ほまりさんはアルバイトなので、基本的に閉店後は帰宅する。

「まずはありがとう、紙野君」乾杯のあと、すみれはそう言った。

「ありがとう……？　なにがです？」

「ほまりさんのこと。紙野君の助言のおかげで入ってもらうことにしたでしょう。そう決めて正解でした。ほまりさん、とても真面目で熱心だし、明るくて接客も感じがいいし、食べることに前向きな意味で貪欲だから、わたしも話してて楽しい。最近はときどきまかないを任せてるけど、いろいろ工夫してくれてるし。いい人に入ってもらえた。紙野君のおかげです」

「そうですか。それはよかった」

「……紙野君は？　ほまりさんのこと、どう思う？」

そういえば、彼女を雇い入れてから、紙野君とふたりでこんなふうに話すのははじめてだったな、とすみれは気づく。

「そうですね。一緒に働きやすい人だと思います。ものおぼえも早いし、とっさの機転も利く。とても飲食業に向いた人で、すみれさんの仕事をサポートするうえで、俺よりはるかに優秀だと感じます」

「……すごい。お世辞を言わない紙野君も大絶賛か」すみれはなぜかちょっぴり不満に感じている自分を意識しつつ、「紙野君、人を見る目があるんだね」。

「いや、そんなことは——俺はただ、すみれさんを好きな人に、わるい人間はいないと信じてるだけです」

「——ありがとう」自然と頬がゆるんでしまう。紙野君はなかなかの人たらしかもしれない。

「ほまりさんという戦力も得たことだし、富代さんの件でもできれば力になりたいなあ」

「『ジョーさんのハンバーガー』の謎、ですか」

「うん。――〝私どもの仕事では、少年時代の夢がすべてなのである〟」

「辻征夫ですか？　『ワイキキのシューティングクラブ』」

「さすが」すみれが引用したのは、まさにその詩の一節だった。

紙野君が以前詩のフェア台から薦めてくれた『辻征夫詩集』に収録されている。「辻征夫の詩には、その言葉どおり、少年時代のみずみずしい感性が息づいていて、ときには童心や稚気があふれていて、わたしたちが大人になって忘れてしまっている感覚を蘇らせてくれる。そこがとても素敵だと感じる」

紙野君がうなずいた。

年譜を読むと、彼は一時期詩集を出す出版社に編集者として勤務していたが、三十二歳のとき、あえて出版界から距離を置き、建設業界に転職したことがわかる。その後、六十歳で亡くなる一年ほど前までおなじ職場で働きつづけながら、詩作をしていた。「あしかの檻」という詩には、こんな一節がある。

おお生れながらの詩人よ。きみがぼくらに誇示する、きみの生活無能力は
詩とは無関係なのだ。いつまでも、単に生れながらの詩人にしかすぎぬも
のは、もはや詩人ではない。あしかの方がましだ！

詩人というのは浮き世離れの代名詞のような肩書きだが、彼はそれをよしとせず、地に足のついた生活者として詩と向き合ったようだ。だからすみれにも共感できるのかもしれない。それでいて、日々の生活で少年らしい感性をすり減らしていないところに、すみれは憧れる。たとえば「雲」という詩の、こんな一節。

男の子って
どうして雲が好きなのかしらね
おばさん　小さな女の子だったけれど
こんなにおばさんになってもまだ
わからないわ　どうしてなの？
雲ってね　おばさん
未来とか　とおい国とか　まだ出会わないひととか
なんだかそういうものを感じさせるんだ
だから雲を見ながら
夢を見ているのさ男の子は――

「わたしの仕事は詩人ではないけれど、そういう感性も大切にして日々仕事に向き合いたいなって思うんだ。三つ子の魂百まで、じゃないけど、ほまりさんの歓迎会で、いま働く自分の原点は、目玉焼きひとつ焼くのにわくわくして夢中になった感性なんだな、って気づいた。子供の頃の思い出って、だれにとっても鮮やかで、いまの自分の核になってる。料理を仕事にしている人間として、富代さんの思い出の味を再現したいんだ」

「なるほど。〝サンタクロースの部屋〟ですね」

「サンタクロースの部屋……？」

「松岡享子《まつおかきょうこ》という児童文学研究者の言葉です。『くまのパディントン』シリーズなどの翻訳者としても知られている。彼女の著書に『サンタクロースの部屋』というタイトルの本があって、冒頭近くにこんな文章があります。〝心の中に、ひとたびサンタクロースを住まわせた子は、心の中に、サンタクロースを収容する空間をつくりあげている〟」

すみれはその言葉を心のなかで反芻した。

「もちろん人はいつか、サンタクロースが実在しないことを知る。でも、一度作り上げた心のなかのその空間があるかぎり、目に見えない貴いものを信じる力もありつづける。そうした意味の一文だったと思います。そしてそういう力が、人が年を重ねたときこそ、生きる支えになったりするのかもしれませんね。富代さんはいまそれを見失っていて、『ジョーさんのハンバーガー』が、サンタクロースの部屋のドアを開ける鍵だとしたら」

「とても素敵なたとえだわ。うん、そういうことなのかもしれない」

「富代さんにその鍵を見つけてあげられたら、素晴らしいことですよね。老人性うつは、周囲のサポートがなにより大事だという話ですから」

そこで紙野君が考え込むような顔になった。

「しかし……ジョーさん、って、だれなんでしょうかね？」

「富代さんのお父様が親しくしていたという宣教師、じゃないのかな」

「そのジョーさんが作ったハンバーガーだから、『ジョーさんのハンバーガー』、なのか……ふつうに考えるとそうなりそうだけど、うーん、どうなのかな」

「ヒントとしては、漠然としすぎてるよね。試行錯誤するしかないのかな。まあ、そちらは締め切りはないけど、もうひとつの悩みのほうは、刻々と期限が近づいてきてるのよねえ」

「宍戸編集長のホットドッグの新メニューの件ですね」

「ほまりさんにも言ったけど、あのテーマならこれしかない、っていうものは決まってるの。じっさい、うまくいけば、すみれ屋らしく、日本人が知っているようでいてあんがい知らないメニューを紹介できると思うし、すみれ屋の新たな定番にもなり得るはず。わたし自身、大好きだしね。採算のことなんて考えなくていい立場なら、もっと気楽にリリースしてるんだけどなあ。じつはわたし、宍戸さんのオファーを引き受けたこと、ちょっぴり、後悔しはじめてる」

ほまりさんの前ではなぜか口にできなかった心情を吐露してしまうと、すみれはため息をついてワインを飲んだ。ほっと息をつく。

「紙野君。こんなとき、わたしの問題を解決してくれるような本、なにかおすすめしてもらえないかな？」

「――え？」グラスを口に近づけていた紙野君の動きが止まる。

「そうか……そうだよね。紙野君はいつも、お客様に、自分から本をおすすめしてるんだもんね。こんなふうに無理強いされても、そんな都合よくおすすめ本は出てこないかあ」

紙野君はワインをひと口含んだまま、しばらくすみれの顔を見ていたが、それから、目を天井に向けた。もしかして、おすすめの本を考えてくれているのだろうか。そこですみれははっとする。

「――あ、ごめんなさい！　わたし、いま、すごく図々しいこと言いました」

なぜ、あんな甘ったれた言葉が、あんな甘えるような口調で口をついて出たのか、自分でも理解できなかった。紙野君は大切な仕事のパートナーで、人間的にも好感を抱いている。けれど当然のことながら、だからといってなれなれしい態度を取っていいわけではない。まだそれほどアルコールを飲んだわけでもないのに、プレッシャーの反動からかふっと気がゆるんでしまったようだ。

視線を戻した紙野君は、すみれの言葉には応えず席を立った。気分を損ねてしまったのだろうか。いや、たとえそうだったとしても、紙野君はそのようなリアクションをするような人ではない。ではどうして……とすみれが考えていると、紙野君はつかつかと古書スペースのほうへ向かい、作業台の上に積まれた本のなかから一冊を取り上げた。いまそこでは、「笑いと小説　海外編」というフェアが特集されている。紙野君がこちらへ戻ってきた。

うそ。まさか。

そんな言葉が脳裏をよぎるすみれの前で、紙野君が立ち止まった。少しばかり芝居がかった感じで、すみれの前に本を差し出す。文庫本だ。そして言った。

「すみれさん――この本、買っていただけませんか？」

すみれの目に、本のタイトルと著者名が飛び込んできた――『これでおあいこ』ウディ・アレン。

紙野君がリクエストに応じて自分のためにおすすめの本を見繕ってくれた感激より、厚かましくおねだりしてしまった恥ずかしさのほうが勝って、すみれの頬がかあっと熱を持った。

「か……買わせて、いただきます」

すみれが、寝る前にベッドの上で早速その本を開いたのは、言うまでもない。

『これでおあいこ』（河出文庫）は、あのウディ・アレンが書いた短編小説を収めた短編集だった。訳者は伊藤典夫《いとうのりお》と浅倉久志《あさくらひさし》。初版の発行年度は一九九二年。

さほど映画に造詣が深くないすみれでも、コメディアン出身で俳優・監督として長らく活躍するニューヨークっ子であるウディ・アレンのことは知っていた。この本の表紙にも、トレードマークである黒縁の眼鏡をかけた彼の顔が写真をトレースしたようなイラストで描かれている。

その多彩さから「才人」と形容されることが多いのも知識にあったが、小説も書いているということを、すみれは寡聞にして知らなかった。

それほど厚くない文庫本には、裏表紙の紹介によれば十七篇の短編が収められている。紙野君が、「これを読んでみてください」と目次で指さしたのは、二番目の「蒸気機関なにするものぞ」という短編だった。

すみれは、一番目を飛ばしてその作品に目を通した。

一人称の短編は、いっぷう変わったシチュエーションから幕を開ける。

飼い犬であるビーグル犬を、どうやらカウンセリングのため「ユング学派の獣医」のもとに連れてきているらしい「わたし」は、待合室で手に取った雑誌の一文に引きつけられる。こんな文章だ――「サンドイッチは、サンドイッチ伯爵によって発明された」。

「わたし」はその文章に、電流じみた感銘を受け、身震いとともに「サンドイッチ第一号の発明に賭けられた巨大な情熱、さまざまな挫折と希望のくり返し」を思い描く。

言うまでもないことだが、そもそも前提がまちがっている。サンドイッチという料理名がイギリスに実在したサンドイッチ伯爵に由来するものであろうことは広く認められているが、そう名づけられた食べ物を、彼が発明したわけではない。冷肉などをパンで挟んで食べる食べ方は以前からあったが、サンドイッチ伯爵の時代、彼にちなんでそう呼ばれるようになったというほうが正しい。

もちろん、作者のウディ・アレンは百も承知。つまりこれは、そういう小説なのだ。「わたし」はサンドイッチを発明した発明家として、サンドイッチ伯爵の「短い伝記」を書く。その部分が本編のメインである。偉人の略年譜のような体裁だ。たとえばこんな感じ。

一七三八年。親から勘当され、北欧諸国へ出発。三年間、同地でチーズの研究に没頭する。また、多種多様なサーディンに遭遇して大きな感銘を受け、日記にこう書く——

「食べ物の対置の中にこそ、人間がこれまでに成就しえた何物にもまして、永続的な真実があることを確信するにいたった。単純化せよ、単純化せよ」

英国にもどって、青物商の娘ネル・スモールボアと知り合い、結婚。彼女はやがてレタスに関する全知識を、彼に教えこむことになる。

歴史に名を残すような偉人に共通する、ひとつのことに対する常軌を逸した執着、周囲の無理解、そんななかでの運命的な出会い——作中のサンドイッチ伯爵は、その後、ささやかな遺産を得て田舎で生活しながら、研究をつづける。「最初の試作品」は、「薄切りの食パンの上に薄切りの食パンをのせ、その上に薄切りの七面鳥肉《ターキー》をのせたもの」だったが、これは「みじめな失敗に終わ」る。

さらなる失敗——「二枚の薄切りターキーのあいだに薄切り食パン一枚をはさんだ試作品」——や貧困が彼を襲うが、サンドイッチ伯爵はこれも偉人に共通する不屈の闘志で逆境をしのぎ、研究をつづける。

この辺りの記述は、偉大な芸術家の人生の完全なパロディになっていて、すみれの微笑を誘った。

そして、不屈の天才サンドイッチ伯爵に、ついに運命の女神が微笑む日が訪れる。一七五八年、識者の支持が高まった結果として、女王から、スペイン大使との昼食会に「〝なにか特別なもの〟を作るように、と委嘱《いしょく》される」のだ。この昼食会のため、昼夜も問わず研鑽を積んだサンドイッチ伯爵は、とうとう、「短冊形のハム数片を上下から二枚のライ麦パンではさんだもの」を完成させた結果、センセーショナルな成功をつかみ取り、以降もさまざまな冷肉を使った同様の料理を制作して世間の評判を呼び、ついにこの「新料理」はサンドイッチと呼ばれるに至るのである。

その後も、名だたる偉人たちと交流しながらも新たなサンドイッチの発明をつづけ——六十五歳の誕生日には、なんとハンバーガーまで発明している！——名声をほしいままにしたまま、万人に悼まれる死を迎える。話の結びは、こうだ。

葬儀では、ドイツの大詩人ヘルダーリンが、心からの敬意をこめて、故人の業績をこう要約した——

「彼は人類を温かい昼食から解放した。なんという大きな恩恵であろうか」

これにはさすがにすみれも笑ってしまった。

巻末の訳者によるあとがきを読むと、この短編集はウディ・アレンの、戯曲などを除き「活字メディアだけに的をしぼった文章」がまとまった本としては最初のもので、収められている十七篇は「すべてパロディ、スプーフ、パスティーシュのたぐい」、つまりはどれもユーモア小説だということらしい。

すみれも巻頭に戻って何編かを読んでみたが、本来シリアスだったり権威があったりするとされるものを、かなり不謹慎な笑いという武器で手当たりしだいに斬りまくっている、という印象を受けた。

根底には知的さや偉大さといったものに対するウディ・アレンならではのちょっとインテリをこじらせたような感性——すみれも彼の映画は何本か観ていた——があるように思え、そのねじれのなかに、ひょっこり、作者である彼自身の知性や哲学が切れ味するどく覗く瞬間があって、知的エンタテインメントあふれる楽しい読書体験である。どんな題材でもいかようにも料理してしまうところに、才人の面目躍如というところだろうか。

それはさておき。

いま自分は、純粋に読書を楽しんでいられる状況にない。紙野君はなぜ、すみれにこの本を、この本のなかの「蒸気機関なにするものぞ」という短編を薦めてくれたのか。これまでの経験から言って、それを突き止めることこそ、富代さんのあの、「ジョーさんのハンバーガー」の謎を解き明かす近道のはずなのだ――この、およそ史実とはかけ離れた、ナンセンスそのものの小説にヒントがあるとにわかには信じがたいものの。

この小説は、最後の一文から構想されたような気が、すみれはした。サンドイッチという食べ物の名前の由来が、サンドイッチ伯爵という人物であるという事実から、ウディ・アレンは皮肉の利いた最後の一文を思いついたのではないだろうか。自分でもそれを面白く感じたので、そのまま、サンドイッチ伯爵がサンドイッチという食べ物を「発明する」話を書いた――だれにでも作れる手軽な食べ物が生まれるまでを、まるで蒸気機関のごとき巨大な進歩に見立てて。

作中の「わたし」同様、妄想が過ぎるだろうか？

この小説にもハンバーガーという言葉は出てくるが、笑いを強化するためのネタでしかなく、そこからなにかを導き出せそうな気はしない。

それとも――既存のもののなかから見つけ出そうとしても無駄だから、いっそ自分でゼロから、「ジョーさんのハンバーガー」を発明してしまえ、というメッセージがこめられているのだろうか？

……それはなんだかありそうな気がする。

ほかにはなにが考えられる？

しかし、いくら知恵を絞っても思いつかぬまま、すみれは眠りに落ちてしまった。

5

翌朝。少し寝不足気味のすみれは、いつものように、パンを運んできた大泉さんを迎えた。

「……『ジョーさんのハンバーガー』だけど、その後、なにか思いつくことあった？」

パンを運び終えると、大泉さんが遠慮がちにすみれに訊ねた。

すみれは首を横に振る。

「……申し訳ありませんが」

「そうか……いや、こちらこそ、玉川さんを巻き込んじゃって。ただ、言いにくいんだけど、飯山さんご夫妻、玉川さんに期待してるみたいなんだよね」

「え……？」

「玉川さんが作ったハンバーガーを食べて、富代さん、はじめて具体的な感想を言ってくれたじゃない？　それに、れっきとしたプロの料理人が、富代さんのために二度もハンバーガーを作ってくれたことにも感動してるみたいで」

「そうですか。わたしも、できればお力になりたいと思っているんですが」

「ありがとう。そう言ってもらえるとすごく心強いよ。ところで、じつは、昨日、飯山さんの奥さんから預かったものがあって。富代さんのアルバムなんだけど、いま見てもらう時間ある？」

「アルバム……？」

「富代さんが、横浜に住んでいた頃のものらしき写真を、飯山さんのご主人が見つけて。そのなかに、富代さんのご家族と交際のあったアメリカ人一家とおぼしき人たちの写真もある。玉川さんが見たら、ハンバーガー作りのヒントにならないだろうか、って――飯山さんご夫妻も、藁にもすがる思いでいるみたい」

すみれは、純粋な好奇心にも駆られて、大泉さんの車の助手席に置かれていたアルバムを見せてもらった。

色あせた古いものだ。大きくてずっしり重い。表紙に「アルバム」という飾り文字。大泉さんが、しおりを挟んでいた部分を開く。なかには、台紙に、四隅を小さな三角の紙で留められたモノクロ写真が並んでいた。そう。かつて写真はこうしてプリントされ、物として整理されるメディアだったのだ。

「見て、このページ。この四枚が、そのアメリカ人のご家族じゃないかって」

大泉さんが指さしたページをすみれは見た。セピア色のスナップ写真が四枚。写っているのはどうやらふたつの家族だ。ひとつは日本人で、ひとつはおそらく外国人。日本人の家族は三人で、両親と娘。外国人は四人で、両親と息子と娘という構成のようだ。

一枚は家の前で撮影され、二家族の全員が並んでいる。家は洋館だ。もう一枚は庭で、遊んでいる子供たちだけが写っている。富代さんの一家と親交のあったアメリカ人宣教師の家族とその住居と考えてよさそうだ。

残りの二枚は、リビングとおぼしきアメリカンな調度の部屋のなかで、ふたつの家族を交代に撮影している。アメリカ人一家だけを写した写真の周囲には、台紙に、鉛筆書きの文字が記してあった。「Ａｎｄｅｒｓｏｎ一家　Ｓａｍさん　Ｍａｒｙさん　Ｔｏｍくん　Ｂｅｔｔｙちゃん」と。アメリカ人はアンダーソンという一家で、あとはそれぞれの名前にちがいない。

「……あれ？　ジョーさんはいないみたいですね」すみれは指摘する。

「そうなんだ。飯山さんのご主人もそこに気づいてね。やっぱり、ジョーさんていうのは雇われのコックさんだったのかな、という結論に。……でも、肝心のハンバーガーが写ってる写真はないし、やっぱりヒントにはならないか」

写真に写っている人たちは、みなカメラに笑顔を向けている。すみれは写真のなかに切り取られ、封じ込められたある時代、ある瞬間について思いを馳せた。ここに焼きつけられた光景はもう世界のどこにも存在しない。だがかつてたしかに存在したし、長い時を隔ててこうしてすみれにそれを教えてくれている。

なかでも、すみれの目と心を最初から惹きつけてやまないのは、ワンピース姿のひとりの少女だ。小学校の高学年、あるいは中学に上がったばかりくらいだろうか。手足がひょろっと長く、成長期を感じさせる。大人びてきつつある表情とおかっぱ頭とのギャップが微笑ましい。彼女はおそらく開けっぴろげな性格の持ち主ではなく、カメラに見せる笑顔もどこかぎこちないものの、隠しきれない目のきらめきや、どこかあどけなく開いた口元に、その年頃ならではの生き生きした好奇心や高揚感が覗いているようにすみれは感じたのである。

若き日の富代さんだ。

どんなに年をとって、たとえ写真は色あせても、心のなかではいつまでもみずみずしさを喪《うしな》わずにいる思い出。人にはだれしもそうしたものがあり、富代さんにとって、これらの写真はまさにその結晶にちがいない。とてもプライベートで貴いものを覗き見させてもらっていることに罪悪感をおぼえながらも、すみれのなかで、幸福だった時代を再体験したいと願う富代さんの気持ちに応えてあげたいという思いが高まった。

そのとき。

すみれの目は、写真の一枚に写り込んだあるものの上に留まった。

アメリカ人一家四人を収めた室内写真で、リビングの壁に三角形の飾りが貼られている。ペナントだ。そこに、「ＩＯＷＡ」という文字が刺繍されていた――アイオワ。

「アンダーソン家は、アイオワ州のご出身だったみたいですね」

「あ、ほんとだ。僕はアメリカの地理を、メジャーリーグのチームでおぼえてるから、マイナーリーグしかない州の場所は、よくわからないんだ。たしか、中西部だっけ？」

「ええ。州都はデモイン。そうか、そういえばメジャーリーグの野球チームはなかっ――」

そこで言葉が途切れる。すみれの脳内でなにかが起こっていた。いくつかの断片が、めまぐるしいスピードで渦巻き、ぶつかり合っていた。

「……どうしたの、玉川さん？」

けげんそうに訊ねる大泉さんに向かって、すみれは、待ってくださいという意味で手のひらを向けた。申し訳ないが邪魔をされたくなかった。

ばらばらだった断片が、しだいにまとまって形をなしてくる。そして――ついにひとつの像を結んだ。

「……そうか。そういうことだったのね……！」思わずつぶやいていた。

「え……？」大泉さんが、不思議そうにすみれを見た。

「大泉さん、わかったかもしれません、『ジョーさんのハンバーガー』の正体が」

「えええっ、本当――？」大泉さんが目を見開く。「なんだったの？」

「――あとでお教えします。もし今日、確かめることができるなら」

大泉さんは一も二もなくすみれの意向にしたがうことを約束し、飯山さんにも連絡して手配をつけてくれた。

すみれは興奮していた。今度こそ「ジョーさんのハンバーガー」をつかんだという手応えを感じていたのだ。

紙野君が出勤してくると、すみれは挨拶もそこそこにこう宣言した。

「紙野君！　今回は、紙野君があの本をおすすめしてくれた意味、しっかりわかったと思う」

「――本当ですか」紙野君が声を弾ませた。

「忙しくなっちゃうから、その話はまた今度ゆっくりね。まずはありがとう！」

「はい――！」

店をオープンする。ランチタイムの営業を終え、アイドルタイムに入ると、すみれの動線とぶつからない作業をほまりさんに任せて、自分は富代さんのためのハンバーガー作りの準備にかかった。

玉葱をみじん切りにし、ほぼ脂肪分なしの牛肉の赤身を細かめに挽く。あまり熱くしていないフライパンに両方を入れ、ゆっくりと炒める。パスタのミートソースや中華料理の麻婆豆腐といった料理では、どちらも、挽肉を香ばしくするため、できるだけ強火でなるべくかき混ぜないようにし、火が通ってからも、にじみ出た脂が透き通るまで火を入れつづけるようにするのがこつだ。しかしこの料理ではそこまでしなくても大丈夫。ただ、このとき、挽肉はできるだけ細かく崩すよう、そこは気をつける。食感を左右する大事なところだ。

挽肉が完全にぱらぱらになったタイミングで、細かく刻んだニンニクと、ピーマンを投入し、二、三分炒め、そこへ水を少し入れて、フライパン底にこびりついた肉をこそげるようにして少し煮込む。本場のレシピでは、ピーマンではなくグリーンベルペッパーを使う。日本でパプリカと呼ばれる肉厚のもので、ヨーロッパなどではグリーンが主流だが、日本ではレッドとイエローがほとんどで手に入らなかったためピーマンで代用した。ここへケチャップ、ウスターソース、少量のマスタード、そして、ブラウンシュガーを少なからぬ量加え、ふたたび、さっきより多めに水を入れ、煮込む。ここは気長にやる工程だ。

片づけを終えたほまりさんが、すみれの手元を見て不思議そうな顔をする。

「それ、なんの仕込みですか？」

「富代さんのハンバーガー」

「えっ、わかったんですか――？」

「たぶんね」

「アイドルタイムに外出する、って、そのことだったんですね。でもこれ、ハンバーグっていうより、ミートソースじゃあ……あっ、ひょっとしてチリですか？　ジョーさんのハンバーガーって、チリバーガー？　でも、チリシーズニングの香りがしませんね」

「ほまりさん、さすが。ええと――ちがってたら恥ずかしいから、正解だったら教えるね」

すみれは、フライパンの火を弱火にして、紙野君とほまりさんのためにまかないを作りはじめた。その合間に、ときどきフライパンの様子を見、焦げつかないようかき混ぜる。まかないをふたりに出すと、またフライパンの前に戻り、水気がなくなる寸前で火を止め、中身を小鍋に移して蓋をした。

これで準備はオーケーだ。ほどなく約束していた時刻になり、大泉さんがすみれを迎えに来た。

「行ってらっしゃい、すみれさん。頑張ってくださいね。うまくいくよう祈ってますよ」

ほまりさんがにこにこと送り出してくれる。

すみれは、小さな鍋と調味料を持って、大泉さんの車に乗り込んだ。

「――それだけ?」鍋を見た大泉さんの目に、かすかに疑問の色が浮かんだ。

「これだけ、です」

納得したかはわからないが、大泉さんは車を発進させた。五分ほどで目的地に到着する。飯山さんの家は、住宅街にある二階建ての木造家屋だった。大泉さんは近くのコインパーキングに車を停め、すみれに同行する。飯山伸子さんが、ふたりを玄関で出迎えてくれた。

健康的に年齢を重ねているという印象を受ける女性で、物腰は穏やかだ。

「はじめまして、飯山です。このたびは、ご挨拶にもうかがわぬまま、いろいろお言葉に甘えてしまって申し訳ありません。主人からも、くれぐれもよろしくお伝えくださいと申しつかっております」

彼女は、すみれに向かって深々と頭を下げた。

「いえいえ。お世話になっている大泉さんの大事なお客様ですし、わたし自身、料理を作る人間として気になって。――おばあさまは、なかに?」

「はい。おふたりがお見えになることは、話してあります。反応は薄かったんですが……どうぞ、お上がりください」

飯山さんにうながされ、すみれと大泉さんは家に上がった。すみれは小鍋と調味料を持ち、大泉さんはバーガーバンズの入ったビニール袋を持って。廊下の先に台所と一体になった食堂があり、テーブルに椅子が五つ並んでいて、そのひとつに女性が座っていた。富代さんだ。

身ぎれいにはされているものの、大泉さんの話で聞いているとおり、生気が感じられない。両手をお腹の上で組んで、うなだれている。

「こんにちは、飯山さん。はじめまして、玉川すみれです。今日は、ハンバーガーを作りにあがりました。気に入っていただけるよう頑張ります。よろしくお願いします」

挨拶すると、富代さんは顔を上げ、すみれを見た。

「……ジョーさんのハンバーガー？」

「えーと……はい、そうです。ジョーさんのハンバーガー」

すると、富代さんは首を横に振り、

「ないよ、ジョーさんのハンバーガーは……もうないんだ」と力なく言い、また顎を落としてしまった。

すみれは、伸子さんを見る。

「キッチン、お借りします」

「なんでも使ってください。よろしくお願いします」伸子さんがまた頭を下げた。

その場でできたてを食べてもらえるよう、キッチンを貸してもらうことも、大泉さんから頼んでもらい、伸子さんの了承を得ていた。

ガスコンロのひとつに、すみれは持ってきた小鍋を載せ、火をつけた。蓋をはずし、弱火で温め、さらに、残っていたわずかな水分を煮詰める。最後に塩コショウで味を調えて具材は完成だ。

並行して、べつのコンロでフライパンを温め、上下半分に切った大泉さんのバーガーバンズの表面をかりっと焼く。バンズを皿に載せ、土台となるほうに、煮詰めた具材をこんもり盛る。挽肉を細かくしてしっかり煮詰めてあるので、容易には崩れない。バンズのクラウンで挟めば、ハンバーガーの完成だ。

「え、これ、ハンバーガーなの……？」大泉さんがびっくりした様子で言った。

「はい」すみれは答え、富代さんの前に皿を置いた。「飯山さん、お待たせしました。ハンバーガーです」

顔を上げた富代さんは、目の前の皿に気づくと、よく見ようとするように顔を近づけた。崩れにくいとはいえ、成形したミートパティとは異なるので、バンズの隙間から具材が少しこぼれて皿に落ちている。

富代さんは手を伸ばし――こぼれた塊をつまんで、口に入れた。

おそるおそる味わうようだった彼女の動きが止まる。と思ったら、両手でハンバーガーを丸ごとつかんで、かじりついた。あまり大きくないひと口だが、バンズと一緒に具材も口のなかへ入っている。ゆっくり咀嚼して、呑み込んだ。

すみれも大泉さんも伸子さんも、その様子を、固唾を呑んで見守っている。

これまでならば、富代さんは、ここでハンバーガーを皿に戻しているはずだ。

が――すみれたちが注視するなか、彼女はそうせず、もう一度かぶりついた。

その分を咀嚼して呑み込むと、ハンバーガーに視線を向けたまま、こくっとうなずき、得心したようにこう言った。

「……あったんだねえ。ジョーさんのハンバーガー」

すみれと大泉さんと伸子さんは、互いに目を見交わし合った。

富代さんはその後もゆっくりハンバーガーを食べつづけ、「お腹いっぱい」と残すまでに、三分の二以上を食べていた。そしてすみれにこう言ったのだ。

「どうもありがとう。また、作ってくださいね」と。

6

――数日後。

定休日のすみれ屋の店内は、雑誌の編集者やライター、カメラマンとその助手、フードスタイリストといった、お客様とは異なる人たちで賑わっていた。

『食卓賛歌』のサンドイッチ特集における新メニュー企画の撮影が行われる日だ。

編集長の宍戸明美さんもいる。すみれ屋のスタッフとしては、すみれのほか、ほまりさんと、それに紙野君の姿もあった。ほまりさんは、自らすみれを手伝いたいと休日出勤に手を挙げ、紙野君は、「俺も見学していいですか?」と参加意思を表明した。

カメラマンと助手が、窓からの自然光も活かしつつライティングを調整し、フードスタイリストが、窓に面したカウンター席にカトラリーや小物への配置をすませて、すみれが料理を完成させるのを待つ。

すみれが作っているのは、チリドッグだ。

下準備さえできていれば、作る工程は簡単だ。ホットドッグバンズの上に切り込みを入れ、オーヴンでトーストする。細長い牛肉のソーセージをグリドルで焼いて皮を香ばしくぱりっとさせ、バンズの切れ込みに挟む。大きな鍋で煮込んで温めているチリを、ソーセージの上にたっぷりかけ、その上に、グレーダーで削ったチェダーチーズを振りかける。

「——できました」完成したチリドッグをワックスペーパーに載せ、あとはフードスタイリストの手にゆだねる。

それをすみれ屋の皿に載せ、撮影場所にセッティングするのは彼女の仕事だ。すでにそこには、付け合わせであるディルときゅうりのレリッシュと、ほまりさんが揚げたフライドポテトがセットされていた。すみれがチリドッグを完成させた直後、ほまりさんは熱々のトマトスープを器に注ぎ、フードスタイリストに手渡した。これがチリドッグのランチセットだ。

そこからはまたべつのプロたちの仕事となる。すみれとしては、かわいいわが子のよさを最大限引き出してもらいたいと願う親の心境でその後の撮影を見守った。

静かに張り詰める緊張感のなか、撮影はスムーズに終了した。

撮影に使用した料理を、レビューを担当するライターが実食する。

「よろしかったら、みなさんの分も用意しますよ、チリドッグ。パンも少し余分にありますし、味見用に、ふたりで一本あてくらいですが」

すみれがそう提案すると、スタッフたちから「おおっ」という声があがった。こうして雑誌の企画に協力しても、飲食店に取材費などの対価が支払われることはまずない。是非はさておき、宣伝になるという暗黙の了解が双方にあって、材料費も取材される側の持ち出しとなるのがほとんどのようだ。

その意味では負担だが、チリは少量は作れないし、ほまりさんと紙野君にも食べてもらうつもりでいた。ほかの人たちの反応を見てみたいという思いもある。けれどそう申し出た一番の理由は、すみれ屋の常連であり、この企画を立案した明美さんに、この場で食べてもらって感想を聞きたかったからだ。新メニューをチリドッグにすると決めた時点で連絡し、了解した旨返事をもらっていた。が、彼女に食べてもらうのは今日がはじめてだ。

すみれは人数に合わせてチリドッグを作り、食べやすいよう半分に切ってみんなに配った。ほまりさんや紙野君は、意識してだろう、雑誌のスタッフの前では自分たちの感想を控えていた。カメラマンやその助手、編集者、ひと足先に食べていたライターは口々に美味しいと言ってくれた。

明美さんは、自分の分のチリドッグを食べ終えてから、ペーパーナプキンで口元を拭った。そして口を開いた。

「わたしの感想を言うわよ。これはあれね、すみれさんの馬鹿正直な人柄がそのまま出たみたいなチリドッグね」

「馬鹿正直、ですか……」

「愚直、っていうのかな。ふつうあれじゃない、カフェなんか開業しようっていう女性は、もうちょっとお洒落な方向へ行きたがるものでしょう。もっと野菜をたくさん入れて、色味もきれいな感じでヘルシーさを強調して、とか、パンをバゲットにしてフレンチ風に、とか。そういうのがいっさいないのがすごいのよね、すみれさんは」

「いや……それは、宍戸さんからのリクエストでしたよね？」

自分の女子力のようなものを否定されているように感じて、すみれは思わずそう反応していた。

「大丈夫。心配しないで。褒めようとしてるから」

「あ……そうですか」すみれはほっとする。

「わたしにとっては、ＬＡのＰｉｎｋ'ｓ《ピンクス》のチリドッグが本場のチリドッグの原点なのよね。セレブにも人気ってことで有名だけど、一九三九年創業の、あちらじゃれっきとした老舗で。若い頃、アメリカへ行って食べた思い出の味。チリドッグって、けっして高級でも気取った料理でもないでしょう。わたしが若い頃は、バブル景気なんていうものもあって、グルメだってイケイケで、高級なものほどありがたがられる時代だった。アメリカへ行ったときも、やれミシュランだなんだってニューヨークの高級店にも足を運んで、それはそれで美味しかったんだけど、そんななか、ＬＡに住んでた友人にミーハーらしく連れて行ってもらったピンクスで食べたチリドッグに感動したのよね。わざわざ飛行機でアメリカへ来てまで食べようと思わなかったファストフードが、想像をはるかに超えてちゃんと美味しくて。ていうか、おなじアメリカのファストフードでも、少なくともわたしは、日本では食べたことのない味だった。

——あ、みんな、うんざりした顔してるわね。わかった、バブル時代の昔話はここで終了」

取材スタッフから笑いが起こった。

「たとえばチリドッグを、本格志向のホットドッグ専門店でもなく、ハンバーガー専門店でもなく、カフェで出そうとする。そしたらふつう、そこのお客様にも受け入れられるような、なんらかのアレンジをすると思うの。オランダパプリカをあしらってみたり、ダイストマトを載せたり、あるいは、いまどきなら……チリをフムスにしてみたり。ていうか、それはもうチリとは別物なんだけど」

また、取材スタッフから笑いが起こる。フムスとは茹でた豆をすり潰してペースト状にしたものだ。もともとは中東の伝統的な料理だが、ベジタリアンなど健康志向の人たちが取り入れてアメリカなどで意識の高い人たちに人気となった流れで日本にも入ってきている。

「でもすみれさんは、そういうことをせず、ど真ん中の直球で勝負してきた。アメリカでも、チリドッグにはお店によってデフォルトでオニオンやチーズがトッピングされていることも多いし、ピンクスもそうだけど、ソーセージにマスタードがかかっているところもある。すみれさんのチリドッグは、バンズ、ソーセージ、チリのほかはチーズだけ。余熱でほどよくとろけるチーズはこの組み合わせの最高のアクセントになっていて、つまり無駄なものはいっさいない。そしてすみれさん、ソーセージには飛び道具を使ったわね？」

明美さんがにやりとする。

「ビーフ百パーセントのソーセージ。でしょう？」

「はい」すみれはうなずく。「ふだん取引のあるお肉屋さんに紹介していただいたお店のものです」

「牛挽肉を使ったチリとの一体感は申し分なくて、ソーセージの燻香とスパイスが牛の美味しさを何段にも重ねてる。アメリカでは一般的だけど、ソーセージといえば豚肉製が中心の日本ではあまり出回っていないビーフソーセージを使うだけで、多くの日本人のホットドッグ感をいい意味で裏切ることができるし、少なくともファストフードのチェーン店とは差別化も図れる、という寸法ね。バンズもチリもソーセージも、日本人らしい繊細さで美味しさの精度を高めていて、一緒に頬張ると、足し算じゃなくかけ算になって味覚中枢で快感が爆発する。けど、本来ざっかけない食べ物であるチリドッグが持つワイルドさも喪っていない。——端的に言って、最高よ、すみれさん」

ぱちぱちぱち……と拍手が起こった。ほまりさんである。

ホットドッグバンズは、大泉さんに頼んでふつうより少し長めの七インチ、約二十一センチで焼いてもらった。味はもちろん、ボリューム的にも満足してもらえるはずだ。富代さんの件がいちおうの解決を見て、大泉さんは感激し、すみれへの謝意の表明もひとかたならぬものがあった。すみれの注文にも、張り切って応じてくれたのである。

「ありがとうございます、宍戸さん」すみれは言った。

「主役のチリ、美味しいわ。玉葱の甘みと牛挽肉の旨みが濃厚で、チリパウダーのスパイシーさのなかにも奥深いコクがあって。レシピはオリジナル？　ひと口にチリドッグって言っても、アメリカでも地方や店によって千差万別よね。そもそも、大本になった料理であるチリコンカーンみたいに豆を入れるのか、入れないのかからちがってくる。すみれさんのレシピみたいに、入れないほうが多数派な気がするけど。共通しているのは、挽肉と玉葱を炒めてトマトやチリパウダーを加えて煮込むっていうことくらい。そのほかのスパイスだって、オレガノを入れるところもあれば、シナモンを足すところもあり、ほかにも牛のスープストックを入れるところとか、バリエーションは無限になるわよね。すみれさんは、どこか参考にしたお店とか、あるの？」

「そうですね。どこか特定のお店ではなくて、これまで食べてきたお店、全部、でしょうか。最初は、コニーアイランド風にするかテキサス風にするか、それこそピンクスみたいなものにするかとか、いろいろ迷ったんですが、結局、自分が一番食べたい味を素直に追求しようって開き直りました」

ちなみに、すみれのオリジナルレシピでは、良質の牛挽肉にトマト缶とトマトピューレを多めに加え、コクを出すためにガーリックパウダー、隠し味として、カカオの含有率が高い、甘くないチョコレートを少量しのばせ、チリパウダーのほかに少々エキゾチックなクミン、クローブで辛さを抑えながらスパイシーさを増幅させ、バルサミコ酢を加えることで味に深みを出しつつ引き締めている。

ここ数日、営業後にひとりで試作をくり返し、やっと満足のいくものになった。

「ほかのメニューもそうですが、わたし、この店で、自分が好きなものだけを出してるんですよね」

「わたしもそうだけど、すみれさんのそういうところが好きで、通う人が多いんだと思う。常連として断言する。このチリドッグでチリドッグの美味しさに目覚めるお客さん、きっと続出するわよ」

明美さんは、自分の言葉に何度も自分でうなずいていた。

取材陣が撤収し、片づけを終えると、夜は予定が入っているというほまりさんは帰った。チリドッグは彼女にも大好評で、すみれはほっとしている。すみれは、紙野君を夕食に誘い、今日は近所にある和食店へ向かった。

カウンターがメインの小さな店。すみれ屋の常連客に薦められたのがきっかけで、紙野君とこれまでに二度来ていた。ビールで乾杯し、ふたりで相談して料理を注文する。ここは、刺身も季節料理も、なにを頼んでも美味しい。

「紙野君に、あらためてお礼を言うね。飯山さんの件では、本当にありがとう」

すみれが言うと、紙野君が微笑んだ。

「あれは、すみれさんの実力ですよ」

「ううん。わたしは、大泉さんが持ってきた写真を見て、やっと謎が解けたんだもん。紙野君にはかなわないよ。で、もしあの写真がなかったとしても、紙野君があの小説を薦めてくれた意味に気づくことができれば、やっぱり正解にたどり着けた。だから感謝」

「すみれさんは、どうしてわかったんですか？」

「うん。富代さんが言っていた『ジョーさんのハンバーガー』って、最初は、ジョーさんが幼い頃の彼女に作ってくれたハンバーガーのことだろうって思ってたの。ジョさんは、富代さんのご家族と交流があったアメリカ人一家のおそらくは父親か、あるいはそこで働いていたコックさんじゃないかって。でも、そう仮定して作ったハンバーガーは、どちらも、彼女の思っていたものとはちがうようで、推理はここで袋小路にはまった。ここまでは、紙野君も把握してくれていたんだよね？」

「はい」

「で、わたしが行き詰まったとき、紙野君があの本のなかの『蒸気機関なにするものぞ』を読むようアドバイスをくれて、すぐに読み終えたんだけど、そのときはわたしはまだわかってなかったの。謎が解けたのは、翌朝。大泉さんが、富代さんが横浜に住んでいた頃の写真を見せてくれたから。その一枚に、アイオワ州のペナントが写ってた。富代さん一家と親交のあったアメリカ人の出身地だろうと思ったとき、鈍いわたしにもようやくぴんときた」

すみれはビールでいったん喉を湿らす。

「大泉さんは、メジャーリーグの野球チームのフランチャイズでアメリカの地理をおぼえたって言ってたけど、食いしん坊のわたしは、各地の美味しい食べ物が点と線となって自分の頭のなかで地図を形作ってゆくんだよね。アイオワって聞いて、まず思い浮かんだのは、アイオワスキニーズ。またの名を、アイオワスキニー・サンドイッチ」

「……たしかそれも、ハンバーガーでしたよね？」

「うん。アイオワ州といえば、全米でも有数の豚の産地なんだけど、名物である豚を使ったサンドイッチ。薄いカツレツにした豚をトマトやレタスと一緒にバンズに挟んだもの。いわばとんかつバーガーね。これがすっごく美味しいんだけど——それはさておき、つまりはローカルなサンドイッチということ。そこでわたし、その前にホットドッグについてほまりさんと話していたのを思い出したの。アメリカでは、各地の野球のスタジアムに、特色あるホットドッグが売られているっていう話を」

「俺も聞いてました」

「わたしに言わせれば、アメリカはサンドイッチ大国と言っていいと思う。たくさんのサンドイッチが生まれた国。ホットドッグもハンバーガーも各地にご当地メニューが存在する。日本で言うと——ラーメンみたいなイメージ？　で、アイオワといえば、もうひとつ名物のハンバーガーがある。それが、ルースミートサンドイッチ」

紙野君がうなずく。

ルースという単語は、ルーズという言葉に日本語化されているが、ルースミートというのは、挽肉をミートパティとして成形せず、ミートソース状にしているというくらいの意味だ。これをバーガーバンズに挟んだものを、ルースミートサンドイッチと呼ぶ。

「紙野君もご存じのとおり、このルースミートサンドイッチの代名詞が、ずばり、スロッピージョー、だったんだよね」

ほまりさんにはすでに、ふたりでいるタイミングで、富代さんが「ジョーさんのハンバーガー」と言っていたものの正体がスロッピージョーだったということは話してある。

「挽肉と玉葱を炒めて、ケチャップやウスターソースで味つけして煮込んだものを具材にするものをそう呼ぶの。ああ、わたし、馬鹿だったなあ。富代さんが、もっと柔らかくて、甘い、っていうヒントをくれた時点ですぐ気づいてもよかったのに。おまけに最初から、ジョーさんの、ってそのものずばりを言ってくれてたんだもの。幼い頃の彼女にハンバーガーを振る舞ったアンダーソン家の人か、あるいは彼女のご両親が、わかりやすいようにそう呼んだのか、それはわからないけど、とにかく富代さんのなかで、スロッピージョーは『ジョーさんのハンバーガー』として記憶された」

給食のないアメリカでは小学校からカフェテリアがあるのが一般的で、お弁当を持ってきていない子供はそこで料理を買って食べられる。スロッピージョーはそうした学校のカフェテリアでメジャーなメニューのひとつだ。缶詰に入ったソースをそのままバンズに挟むことも多いらしく、すみれが聞いたかぎりでは、美味しい食べ物という記憶を持っているアメリカ人はいなかった。

すみれは好奇心に駆られて一度、市販されている缶詰のソースを買って自作したことがある。が、甘いミートソースを挟んだハンバーガー、という感想で、やはりふつうに肉を成形して焼いたハンバーガーのほうが自分は好きだという結論になった。

しかし、敗戦後の貧しく、食糧難だった日本で、ハンバーガーという食べ物をおそらくはじめて食べたであろう富代さんにとって、スロッピージョーは生涯忘れられないほど美味しいものだったにちがいない。美味しさというのは本来とても個人的なもので、経験と分かちがたく結びついている、人生の一部なのだ。

「紙野君には釈迦に説法だと思うけど、このサンドイッチの名称がスロッピージョーとなったのは、一九三〇年代にルースミートサンドイッチを生み出したコックさんがジョーという名前だから、という説が有力。彼がそれを作っていたのは、アイオワ州のスーシティにあるカフェだった。スロッピーには『水っぽい』とか『汚れた』っていう意味があって、ミートソース状の具材と、もうひとつの『だらしのない』という意味を、彼がそうだったのかは知らないけど、ジョーさんにかけたんでしょうね」

すみれはそこでビールを飲んだ。紙野君は黙って話を聞いてくれている。

「『ジョーさんのハンバーガー』、『柔らかくて、甘い』——紙野君は、これだけでスロッピージョーだと見抜いたんだよね？ だからわたしに『蒸気機関なにするものぞ』を読むよう薦めた。あの小説では、本当はサンドイッチを発明したわけではないサンドイッチ伯爵が発明したことになっていて、富代さんの作では、ジョーさんはスロッピージョーの発明者ではあるものの富代さんには作っていないといううちがいはあるけど、共通しているのは、どちらも人の名前が料理の名称になったということ。『ジョーさんのハンバーガー』のジョーさんが、富代さんにハンバーガーを作った人ではなく、料理名そのものだった——その事実に気づかせるため、紙野君はあの小説をわたしにおすすめしてくれたんだよね？」

紙野君がまたうなずいて、口を開く。

「ただ、それが思い浮かんだのは、すみれさんにおすすめ本をリクエストされたあとのことでした。すみれ屋を準備している頃から、これまで以上に積極的に料理に関する本を読むようにしてきたんですが、すみれさんの影響でアメリカ料理に興味が出て、洋書も含めて何冊か読んだ料理本のなかで見たのを思い出したんです。もしかしたら、って。あいにくその本は家に置いてあったので、代わりにウディ・アレンをおすすめしましたが。火事場の馬鹿力っていうか、すみれさんのリクエストがなかったら、ひらめいてなかったかもしれません」

「ごめんなさい……紙野君は優しいから、そうやってフォローしてくれるけど、どう考えても無茶なお願いでした。わたし、紙野君に助けてもらってばっかりだ」

富代さんはあれから、ふたたび食欲を取り戻し、老人性うつの症状にも改善の兆しが見えはじめているという。息子である邦夫さんからすみれに電話があり、お礼とともにうれしい報告をしてくれたのだ。その電話を、彼はこんなふうに締めくくった。

「家内とも話してたんです。いまはクリスマスではありませんが、玉川さんはわが家にとって、まるでサンタクロースみたいな方だね、って。なによりのプレゼントをありがとうございます。今度は家族三人で、玉川さんの美味しい料理を食べにすみれ屋へ行きます」

すみれがすみれ屋でサンドイッチを看板メニューにしているのは、自分が食べたいと思うようなサンドイッチを出している店が日本ではまだ少ないと感じたからである。本場感のあるチリドッグも、ハンバーガーの専門店はまだしも、カフェではまだなかなかお目にかかれない。

自分がアメリカではじめてチリドッグを食べたときの感動を、すみれ屋のお客様と共有したい。商売としてやっている以上、経営者としての立場を忘れることは許されないが、すみれ屋を開いたのは、たんにお金を稼ぐためだけではない。その初心に立ち返ることができたのは、富代さんの件を通じて、すみれ自身が彼女に自信をもらったから。そしてそれも、紙野君のおかげなのだ。

「あのときはどきっとしたけど、スリリングで楽しかったですよ。それに——すみれさんに頼られるなんて、なかなか貴重な経験です」

「そう言ってもらえると救われるけど、なにかお礼をさせてください」

「じつは、すみれさんがそう言ってくれるの、待ってたんです。お願いすることは、決まってました」

紙野の言葉に、すみれはおどろく。

「ほんと？　なにかしら」

「俺はまだ、スロッピージョーって食べたことないんです。すみれさんの手作りを、ぜひ食べさせてください」
そう言って、紙野君はにっこり笑った。

彼女の流儀で

1

中村《なかむら》さんがひとりで店を訪れたのは、ちょうどすみれ屋が営業を再開した日のことだった。その前の二日間、すみれは熱を出して倒れ、オープン以来、はじめて定休日以外で休んだのだ。

すみれが店に出られないときは、すみれ屋を営業しない。紙野君とはあらかじめそう取り決めてあった。すみれがいなければ料理を出せないからだ。すみれの都合で休みにする場合は、すみれから紙野君に、一日ごとに決まった金額を機会損失の補填として支払うことになっている。すみれがそう提案した。

ほまりさんが入ってくれて楽になった部分もあるが、メインとなるような料理はすべてすみれが作っているので、そこは手も気も抜けない。病み上がりで、まだ本調子でないとはいえ、その日もすみれは自らに活を入れキッチンを守っていた。

そこへ中村さんがドアを開けて入ってきた。ほまりさんが案内する。お待ち合わせですか、というほまりさんの質問に、中村さんは「いいえ、ひとりです」と応じた。

「いらっしゃいませ」とカウンターのなかから声をかけて、すみれはおやっと思った。

中村司《つかさ》さんは二十七歳の男性で、半年ほど前からすみれ屋に通ってきてくれている。しかしこれまではいつも、おない年の恋人である青木楓《あおきかえで》さんと一緒だったのだ。それに、いつも快活な中村さんは、いつもどおりに、カジュアルだが品のよい装いに身を包んではいたものの、なんだか浮かない表情をしている。

カウンター席に座った中村さんは、クラフトビールとビーフタキートスを注文した。ビーフタキートスは、牛挽肉を玉葱と炒め、水煮して潰したうずら豆とともにトマトソースで煮込んで煮詰めて、チリパウダー、クミンなどでスパイシーに仕上げたチリをトルティーヤ生地で巻いてフライにした、いわば揚げタコスだ。スナッキーで、ビールとの相性は抜群である。ランチの新メニューとして出したチリドッグが、明美さんの予言どおり好評だったため、ディナータイムでも自信を持ってチリ料理を提供することができた。

すみれが料理を作る間に、紙野君がクラフトビールをサーブした。

「こんばんは。今日はおひとりですか。珍しいですね」

すみれはちょっと緊張した。少々立ち入りすぎた質問かもしれないと思ったのだ。しかし中村さんは気をわるくした様子もなく、「そうなんですよー」と答えた。むしろ事情を聞いて欲しそうな気配さえある。

中村さんと楓さんがはじめてすみれ屋へやって来たのは、紙野君が古書スペースの陳列台で「食べる本」というフェアを展開していたときのことだった。たしかそこで、中村さんは池波正太郎《いけなみしょうたろう》の『むかしの味』を、楓さんは内田百閒《うちだひゃっけん》の『御馳走帖』を買い、ふたりでそれを手にカウンター席に着いて食事と酒をオーダーしたのだ。

フレンドリーなふたりはすみれと紙野君の手が空いているタイミングで話しかけてくれた。すみれの料理も紙野君のフェアも気に入ったとのことだった。それから何度か店を訪れてくれ、会話をするうち、すみれは彼らのことをよく知るようになっていった。

食べることはふたりの共通の趣味だという。楓さんはまだ若いのに世界各国の料理、それも高級でない、日常の味に通じていてすみれをおどろかせた。それもそのはず、彼女は大学時代、バックパッカーとして世界中を旅行した経験があったのだ。現在も、海外を飛び回る仕事に就いている。なんと、プロの大道芸人だ。

「日本ではまだまだ職業として認められていない感じですけど、しばらく前に東京都が公認制度をはじめたり、ワールドカップを開催するようになったりしてるんですよ」

楓さんはそう語った。

「わたしは、バックパッカー時代に海外で何度か大道芸を見る機会があって、なにより、言葉を超えて目の前にいる人たちを楽しませるパフォーマンスの素晴らしさに感動して、志したんです」

楓さんはそのため、通っていた大学を中退し、フランスで道化師を養成する専門的な学校に入学したのだという。

ずいぶん自由な生き方をしているがけっして流されているわけではなく、むしろ日本人としてははっきり自己主張をする個人主義者でプライドも高い。人生の意義はチャレンジすることにある、と明言する彼女は、家族など周囲の反対を押し切って、だれにも頼らず自分の力で一度こうと決めた道を突き進んでいまの仕事に就いた。自立心が旺盛でバイタリティが豊富で、潔い。同性であるすみれの目から見てもかっこいい女性だが、中村さんもそうしたところに惹かれたという。

「僕は、たまたま彼女が日本でパフォーマンスをしているところを見て、感動したんです。アクロバットはもちろん、酔っ払った観客にからまれてもアドリブで応じて、ハプニングさえ笑いに変えてしまう彼女の人柄にも。演技が終わったあと、お茶に誘ったらオーケーしてもらえて、それから交際がはじまりました」

楓さんは食べるだけでなく、料理を作ることも好きで、なかなかの腕前だという。世界中を食べ歩いた経験と知識を元に、ひとり暮らしをしている彼女の部屋を訪れる中村さんに各国料理を振る舞っているそうだ。話を聞いていてすみれはうらやましく感じた。

いっぽう、中村さんの実家である中村家は代々華道の家元である。現当主は中村さんの父親で、三代目。ひとり息子の司さんは跡継ぎ候補と目されている。先代の当主であり引退した祖父とその妻である祖母も健在で、親族もやはりほとんどが華道家という家柄だ。中村さんの持つ、どこか品のよい空気感もそれを聞くと深く納得できた。そんなふたりはとてもお似合いのカップルだとすみれは思っている。だからこそ、中村さんがはじめてひとりで来た事情が気になった。

すると、店が少し落ち着いたところで、彼は深刻な顔で紙野君にこう言った。

「僕……楓さんと別れることになるかもしれません」

紙野君が洗い物の手を止め、中村さんを見た。

「どうして……？」

「聞いてもらっていいですか？　あ、すみれさんも。よかったらほまりさんも」

中村さんに声をかけられた三人は、互いの顔を見合った。もちろん断る者はいない。

中村さんが話しはじめる。

「僕らは結婚も視野に入れて交際していました。ただ、ひとつ問題があって。それは僕の実家です」

華道の家元の息子である中村さんと結婚することはすなわち、中村家に入る、という意味合いを持ってくるのだという。祖父も父親も、華道を嗜む女性を伴侶としてきた。

「彼女のご家族は僕を歓迎してくれたんですが、うちの家族のほうは……」

中村さんは言葉を濁す。

「うちの両親から結婚後のことを訊かれ、楓さんは、結婚しても仕事をつづけるつもりで、いまの生活を変える気はないと答えたんです。両親はそれが気に入らなかったようで」

家業である華道の流派のナンバー2は、中村さんの父親の姉の息子。つまり中村さんの年長の従兄弟である。師範のなかでも門下生に人気が高く、もうひとりの跡継ぎ候補だ。しかし中村さんの両親は息子に次期当主になって欲しいと考えている。そのためにも、結婚するなら、華道家としての彼を最大限サポートしてくれる女性でなければとうてい認めがたい。それが正直な気持ちなのだ。

中村さんの両親は、楓さんとの結婚という話に色よい反応をしなかった。結婚するなら、いまの仕事を辞めて家庭に入ってもらいたい。もしどうしてもそれができないなら、中村家に入るという覚悟を持った女性をほかに探して欲しいと、そこまで中村さんに迫った。

「僕としても、一族が時代を越えて受け継ぎ、守り抜いてきた華道の伝統には敬意を持っていますし、両親の期待に応えたいという気持ちもあります。ただ、おなじように、僕は、楓さんの仕事や生き方も尊敬している。自分の、というか、一族の都合でそれを変えてもらおうとは思っていません」

楓さん自身、仕事を辞めなくてはいけないなら、結婚はしたくない、と言い切っていた。板挟みになった中村さんは悩んだ末、一計を案じた。祖父母を味方につけようと考えたのだ。

同居している祖父母は昔から中村さんをかわいがっていた。次期当主を選ぶに当たっては彼らの意向も少なからぬ影響力を持っている。もしふたりが楓さんを認めてくれたら、両親も考えを変えるにちがいない。中村さんはそう考え、ある計画を立てた。楓さんのことはまだ祖父母には紹介していない。その席を設けることにしたのだ。たんに紹介するだけでなく、楓さんの魅力も伝わるように。

中村さんの計画は、こうだ。

中村家は湯河原に別荘を持っている。中村さんの家族も、伯母一家もよく利用する別荘だ。中村さんと楓さんも一度、ふたりで休暇を過ごしたことがあった。そこで、中村さん主催のホームパーティを開く。料理を作るのは楓さんで、目的は祖父母の接待だ。

中村家の親族はみな食べることが好きで、祖父母もいまだに健啖を誇っている。料理上手な楓さんの手料理を祖父母に食べてもらい、いわば胃袋をつかむ形で楓さんの魅力を知ってもらおうという目論見だ。両親にも、楓さんの意外に家庭的な側面に気づいてもらえたら、一石二鳥の効果が期待できるのではないか。

中村さんの案を聞いた楓さんはこう言ったそうだ。

「わたしは、結婚はあくまで当事者のふたりでするものだと思ってる。そこまでしてご家族に理解してもらう必要があるのか、まず疑問に感じる。それに、どうせわたしを理解してもらうなら、本当は料理より、わたしの仕事を見てもらったほうがいいと思うな。でも——わかった。今回は、司君のアイディアにつき合う。これもひとつの挑戦と考えることにする」

献立作りのさいも、楓さんは柔軟に中村さんの提案を採り入れてくれた。

「祖父母が好きなメニューで固めるようにしたんです。安直かもしれませんが、一番確実だと思ったので。楓さんもそれでいい、と。うまくいくにちがいない、と思っていました。まさかあんな結果になるなんて——」

中村さんはそこで表情を曇らせた。

中村さんの案を受けて楓さんが事前に作った献立は、以下のとおり。

鯛の皮霜造り
アスパラガスの白和え

茄子の煮浸し
椎茸の肉詰め焼き
肉じゃが
鶏の照り焼き
とんかつ
潮汁《うしおじる》
白飯

いくら健康で食欲が衰えていないとはいえ、お年寄りをターゲットとするにはずいぶんボリュームのあるメニューだ。しかし、話を聞いた中村さんの伯母夫妻とその息子も参加する、コース形式ではない、大皿盛りが基本のパーティなので、銘々、食べる量は自分で調整できる。

会食は夕方からと決まった。スケジュールの都合で、中村さんと楓さん以外の家族親族は前日から別荘入りし、中村さんと楓さんは当日の昼頃に食材を買い揃えて中村さんの車で現地入りした。

中村さんの家族たちはブランチをすませ、後片づけを終えたところだった。ブランチは、伯母が作った蕎麦粉のガレットと、アヴォカドとトマトなどを使ったチョップドサラダということだった。献立がかぶらぬよう、中村さんがそれとなく確認したのだ。

挨拶をすませると、中村さんと楓さんを残して、ほかの家族親族は近所にドライブへ出た。楓さんに気を遣わず料理をしてもらうため、あらかじめ中村さんがそのように根回しをしていたのだ。

大きなダイニングとカウンターで隔てられたキッチンには、食べることの好きな中村家らしく、別荘とは思えないほど料理器具が充実している。一般家庭にありそうなものはひととおり揃っていて、フードプロセッサーやホームベーカリー、パスタマシン、エスプレッソマシンなども備えられている。だれかしらがひんぱんに訪れているので、調味料や缶詰、冷凍食品や補助食材も豊富で、きちんと管理されている。

楓さんは、中村さんと一緒に来たとき、このキッチンを使って料理をしたことがある。青パパイヤを使ったタイのサラダであるソムタム、小さく切った魚介類をトマトや玉葱、香草などとマリネしたラテンアメリカ料理のセビーチェ、自家製バゲットを使ったトルコ発祥のサバサンド、鶏肉を玉葱やトマトと煮込んでオーヴンで焼いたブルガリア料理のカヴァルマ、等。世界の料理に通じた楓さんらしいバリエーションに富んだメニューを。

だから、各種の調理器具や調味料の収納場所、ガスレンジやオーヴンやフードプロセッサー、ホームベーカリーの使い勝手まで呑み込んでいる。みんながいなくなると、早速楓さんがパーティの準備にかかった。

楓さんとの事前の打ち合わせどおり、中村さんはテーブルセッティングを担当する。ビュッフェ形式なので、銘々の取り皿やカトラリー、飲み物のグラスなどが中心だ。テーブルセッティングが終わって手が空くと、中村さんは、楓さんに料理の手伝いを申し出た。すると、食材をシステムキッチンのワークトップいっぱいに並べていた楓さんはこう言った。

「いい。予定どおり、わたしひとりでやる。そばで口出しされたりしても気が散るしね。ここから先は、完成するまでキッチンにも入らないで欲しいの。司君は、おもてなしのお花を生けて」

中村さんは楓さんに言われたとおりにした。

やがて、あらかじめ決めていた開始時間が近づき、ドライブに出ていた家族親族が別荘に帰ってきた。

一同がダイニングのテーブルにつくと、楓さんが完成させた料理を自ら運んできた。最初に運ばれてきた料理を見て、中村さんは目を疑った。

「……サラダだったんです。ポテトサラダ。ふたりで決めたメニューにはなかったものでした。でも、それだけじゃなかった。つぎに出されたのは、棒々鶏《バンバンジー》でした」

千切りにしたキャベツの上に、茹でて繊維に沿って細く裂かれた鶏肉が載り、胡麻だれのソースがかかっていたという。

「そしてそのつぎも——出てきた料理は、すべて打ち合わせとちがったんです」

棒棒鶏のつぎに彼女が運んできた料理は、ディップだった。楓さんは一同にこう説明した。

「これは、ババガヌーシュという料理です。ニンニクやレモンジュースやスパイスで味つけした茄子のディップに練り胡麻を混ぜたもの。最近日本でも人気のフムスとおなじく、中東で広く食べられている料理です。パンにつけても美味しいですが、今日は自家製のクラッカーを添えました」

もてなされる側のほとんどは、当惑した様子だった。中村さんは家族に、楓さんとふたりであらかじめ決めていた献立を話していない。それでも楓さんのこの料理は予想外のものだったのだろう。献立を知っていた中村さんは、自分の困惑は彼ら以上だと思った。

前向きな反応を示したのは、わずかにふたり。

「ほう。はじめて聞く料理だな」中村さんの祖父が言った。

「ほんと。珍しいわ」祖母が同意する。

年老いてなお食への好奇心が旺盛なこのふたりの言葉に、中村さんはわずかに救われる思いだった。

「みなさんもうお気づきかもしれませんが、今日の献立のテーマは、世界の各国料理です。わたしは、バックパッカーや大道芸人として世界中を旅してきた経験があります。旅の楽しみのひとつは、食べ物。現地で食べて印象的だったものを、今日はみなさんにお作りしようと思います。ポテトサラダはアメリカをイメージしました。棒々鶏はもちろん中国です」

楓さんの言葉に、中村さんは今度は耳を疑う。そんなコンセプトは一度も聞いたことがない。なぜ急に、当日になって変更したのか。しかし、ほかの人たちがいる前で問いただすわけにもいかず、中村さんは、針の筵に座っているように感じながら、料理を待った。

楓さんがつぎに運んできたのは、アスパラガスのウフ・ア・ラ・マヨネーズ添え。一本丸ごとボイルして冷やしたアスパラガスに、崩した茹で玉子とマヨネーズを添えたものだ。楓さんはフランスの料理と説明した。

つぎはボリート。豚肉を玉葱やニンジンとともに煮込んだイタリア料理だ。豪快に塊のまま調理された豚ロース肉は、圧力鍋を使って下茹でされていたため、スプーンで崩せるくらいまでほろほろになっている。ごろんとした玉葱やニンジンも柔らかく仕上がっていた。

そして、椎茸の肉詰め焼き。これは、中村さんと事前に打ち合わせた献立とおなじものだ。

つづいては、ビーフストロガノフ。薄切りの牛肉と玉葱を炒めてキノコなどと煮込む、日本でもなじみ深いロシア料理だ。しかし、中村さんがよく知っているビーフストロガノフとはちがって見える。ビーフシチューのような色味ではなく、いわゆるクリームシチューのように全体に白いのだ。楓さんがみんなに説明する。

「日本ではデミグラスソースを使った、ビーフシチュー的なレシピが一般的ですが、今回は、ウクライナ風のレシピにしたがって、牛肉と玉葱をバターで炒めたものをホワイトソースで煮ました。ご飯を合わせても美味しいですが、今回は、ショートパスタのペンネを付け合わせにしてみました。残りは締めのひと品ですが、できたてをサーブしたいので、まだ調理中です。みなさん、まずは召し上がってください」

ここで乾杯となり、みんなが楓さんの料理を食べはじめた。

「料理はどれも美味しかったです」

中村さんは紙野君に語った。そして、言いにくそうにつけ足す。

「最初は――もしかしたら、僕の計画をこざかしいと思った彼女が、あえて計画を台無しにするつもりで土壇場でメニューを変えたのか、と、彼女にはとても申し訳ないのですが邪推もしたりしました。もちろんそんなことはなかった。ひと口料理を食べてわかりました。そもそも楓さんはそんな陰険なことをする女性じゃない。気に入らないなら、はっきりそう僕に言っていたはずです」

中村さんの祖父母も、楓さんの料理を「美味しい」と褒めていたという。最初はとまどっていた中村さんの両親や伯母の一家も好意的な感想を述べた。

しばらくすると、楓さんが締めの料理を運んできた。大きな土鍋をテーブルの真ん中に置くと、蓋を取る。もうもうと立つ湯気のなかに、姿のままの鯛が見えた。その下には、白飯。

「締めは、鯛飯《たいめし》です。先ほどの椎茸の肉詰め焼きもいちおう日本の料理といっていいと思いますが、最後はもっと日本らしい日本料理を。これで、料理の世界一周で無事日本に帰ってくることができました」

そう説明を受けた鯛飯も文句なしの絶品だったという。

中村さんが見たところでは、祖父母も最後まで楓さんの料理を楽しみ、満足して食事を終えたようだった。楓さんの経歴や仕事にも興味を持った様子で、彼女が訪れた外国の話に興味深そうに耳を傾けていた。長年一緒にいる中村さんは、祖父母は楓さんのことを気に入ったようだという手応えを持った。

両親や伯母一家がそれをどう感じていたかはわからないものの、その点において計画は成功を収めたと言っていいのではないか。中村さんは胸をなで下ろしていた。

しかしそれも、会食のあと、中村さんが片づけと食器洗いをすませ、楓さんとふたりきりになるまでのことだった。家族や親族たちと別れ、就寝するため自分たちにあてがわれた寝室に入ると、中村さんはまず楓さんをねぎらった。

「おつかれさまでした。今回は本当にありがとう」

「約束したことだからね。われながら頑張ったと思うよ」

楓さんはいたってクールだった。中村さんには、彼女に確かめたいことがひとつあった。

「もしかしたら、僕の計画は安直に過ぎたかもしれない。僕が考える以上に考えてくれたんだよね、楓さんなりに」

「……どういうこと？」

「いや。その――献立のことなんだけど。あらかじめ決めていたものを、楓さんが変えた意味について考えていたんだ、ずっと。最初はただびっくりしていただけだったけどね。楓さんの話を聞きながら料理を食べ、そして祖父と祖母の様子を見ているうちに、だんだんわかってきた気がした」

「なにがわかったの」

「うん。僕は最初、とにかく祖父母の機嫌を取ろうと、彼らが好きな料理ばかりを並べてしまったけど、やっぱりそれはたぶん軽率すぎた。取り入ろうとしているのがみえみえだし、それに——なにより楓さんの個性を殺してしまう。楓さんは、ホームパーティで祖父母をもてなすために料理を作る、という僕の頼みは妥協して聞いてくれたけど、自分らしさを枉《ま》げることまでするつもりはなかった。だから、ふたりをもてなすにしても、自分らしさが出る献立にしようと考えたんだよね？　僕は楓さんのように思慮が深くないし、しっかりした自分というものを持っていないから、事前に説明してもわからない——そう判断して、僕にも知らせずに。用意した素材は彼らが好きなものばかりだ。楓さんは、そのレシピを組み変えて、当初の和食一辺倒のメニューから、バラエティに富んだ各国料理を展開した。言い換えれば、とても楓さんらしい料理に。祖父母は、料理にも楓さんの話にも興味を持ったみたい。僕の浅はかなアイディアよりも、楓さんのほうがはるかに上手《うわて》だった。いろいろ気を遣ってもらって……ありがとう」

中村さんはあらためて楓さんに礼を述べた。

ところが、楓さんの返答は、中村さんには思いもよらぬものだった。

「——ちがうよ」彼女はそう言ったのだ。

「え——？」

「わたしが、事前に決めていた献立を変えた理由。残念だけど、司君の推理は当たってない。はずれ」

「当たってない、って、じゃあ、なんで……？」

「それがわからないなら——別れたほうがよさそうだね、わたしたち」

中村さんは絶句する。

「——いや、ちょっと待って、楓さん。なんでそうなるのか、まったく理解できないんだけど」

「理解できないか……とすると、わたし、やっぱり司君とのこと、考え直すべきだという気になるな」

「か、楓さん——」

彼女はこういうことで冗談を言う人ではない。中村さんは呆然としながらも必死で食い下がった。

「僕に至らないところがあるなら、直します。言ってください」

楓さんは、少し考えた。

「わたし、君のそういう素直なところ、好きだよ。でもいまは、頼りなさしか感じないな。君の顔を潰すようなことはしたくないから、明日ここを出るまで、みなさんの前ではいままでどおりに振る舞う。でも、帰ったら、お互いしばらく距離を置きたい」

「そんな——どうして……？」

すると、楓さんは中村さんを見据えた。

「それは絶対に言いたくないんだな、わたしからは」

中村さんにとって不幸だったのは、楓さんが、一度こうと決めたら頑として考えを翻さない女性だったことだ。


「——という話なんです」中村さんがため息をつく。「別荘から帰って一週間。家に送り届けたあと、楓さんには、彼女に言われたとおり電話もメールもしていません」

苦渋の色が顔に浮かんでいる。

「この理由がわかったら、そのときは連絡しても、彼女は怒らないはず。むしろ僕がその答えにたどり着くのを待ってくれているんじゃないかという気もします。でも、あれからずっと、なぜ彼女が僕にそう言ったのか考えてるんですが、わからないんです。このままだと僕は、楓さんに男として見限られてしまうかもしれない」

そういうことだったのか。

彼が深刻そうな顔つきをしていた理由が腑に落ちる。

中村さんは好青年だ。しっかりした楓さんが結婚まで考えているのだから、わるい人ではないはず。ふたりにはうまくいってもらいたいとすみれは思った。が、いまの話を聞いただけでは、すみれにも、楓さんが突然献立を変えた理由にさっぱり見当がつかなかった。

だが――紙野君が、動いていた。

中村さんに背を向け、その場を離れたのだ。中村さんがいぶかしげな顔になる。いっぽうすみれは胸の高鳴りをおぼえた。いまの話だけで、楓さんの真意を推理する。そんなことが可能だろうか。目が離せないすみれの視線の先で、紙野君は古書スペースの陳列台へ向かった。いまそこでは「女性の作家」というフェアが展開されている。平積みされた本から一冊を取ると、紙野君はカウンターの近くへ戻ってきた。そして、中村さんに本を差し出す。

「中村さん――よろしかったら、この本、買っていただけませんか？」

中村さんは、紙野君と、彼が手にしている本との間に、何度か視線を往復させた。

2

紙野君が中村さんに薦めたのは『台所のおと』という文庫本だった。

講談社文庫だ。著者は幸田《こうだ》文《あや》。カバーの表紙には、モノクロの写真。卓上に、箸置きと箸、小皿につんもり盛られた料理、透明なガラスのお銚子とそろいのぐい呑み。背景には、窓枠にはまった障子が焦点のゆるんだ感じで写り込んでいる。小料理屋のカウンターのように、すみれには見えた。

中村さんは、不思議そうな顔をしつつも、紙野君からその本を買った。

「それは短編集です。冒頭の一篇を読んでみてください」紙野君が言った。

「わたしも、買います」

すみれが紙野君に言うと、ほまりさんが、

「わたしも……買っていいですか？」と訊ねた。

ほまりさんも、紙野君の持つ、書店員としての特殊な力について、すみれの口から聞いて知っているのだ。ちょうど二冊の在庫が残っていたので、すみれとほまりさんも『台所のおと』を紙野君から買うことができた。

紙野君が中村さんに推した冒頭の一篇とは、「台所のおと」。表題作だった。すみれはその夜、ベッドに入ると早速開いてみた。たちまち引き込まれる。

その小説はこんなふうにはじまる。

佐吉は寝勝手をかえて、仰向きを横むきにしたが、首だけを少しよじって、下側になるほうの耳を枕からよけるようにした。台所のもの音をきいていたいのだった。

台所で、いま何が、どういう順序で支度されているか、佐吉はその音を追っていたい。

幸田文はあの、『五重塔』で知られる文豪、幸田露伴《ろはん》の娘である、ということは知っていたが、すみれにそれ以上の予備知識はない。読みはじめてすぐ、小説に描かれている時代が昭和の、自分が生まれるずっと前らしいという見当はついた。

佐吉は病人だ。ひと月前から家で寝込んでいる。胃がわるいのだ。それまでは料理人として台所に立っていたが、かなわなくなったいま、台所で妻のあきが料理を作る音を聞くことだけが唯一の憂さ晴らしになっている。佐吉の耳はおどろくほどにさとい。水が出る音を聞けば水栓から引っ込められるあきの手つきを思い浮かべることができるし、水を受ける音でその器を、水音だけがしていることから彼女が葉ものの下ごしらえをしていることを、葉ものを洗う音からそれが三つ葉でも京菜でもなくほうれんそうであり、それも小束が一把でなく二把であることを推し量るのだ。

佐吉は「なか川」という小さな料理屋を、あきと、住み込みの初子という若い娘を助手として営んでいる。戦後すぐに建った「バラック住宅」を手入れした店の客室は八畳と四畳半のふた間で、一度に取れる客は五人ないし六人まで。近くにはもっと立派な料亭もあるが、店は繁盛しているようだ。

病で伏せている佐吉に代わって、あきと初子が店をつづけている。平屋で、店舗部分と隣接した部屋で休んでいる佐吉にはその気配が音として伝わる。手持ちぶさたと己のふがいのなさを嚙み締めている佐吉にとって、あきが台所で立ち働く音だけが唯一の心のよすがとなっているのだ。そのあきがたてる音は、こんなふうに書かれている。

それにしてもあきは、ほんとに静かな音しかたてなかった。その音も決してきつい音はたてない。

佐吉とあきは二十歳の年の差がある夫婦で、どちらも初婚ではない。終戦後の混乱のなかで出会った。天涯孤独のあきは、二度の流産ののち、不幸な結婚を終えた過去を持つ。戦争中、ひとり身を通したあきは、戦後、闇物資を運んだり売ったりしてたつきとこ、その仲間のひとりであった佐吉と出会う。

本能的に、今度こそ見つけた！　という気がした。いっしょになった。仲人も親類も誰もいず、祝儀のまねごとさえもない晩だったが、佐吉は思いだしたように配給の芋を持出し、鶴亀を刻み、包丁の人間の心ゆかせだ、と笑った。そのとき、あたりがしいんとして、深夜のようだったことを、あきはおぼえていた。

しかし、結婚して十五年経ち、ふたりの人生には佐吉の病という影が忍び入っている。十日ほど前、あきは、佐吉の主治医から、佐吉が冒されているのが不治の病であることを知らされていた。当人には絶対に悟られないようにとも厳命されている。

あきは悲しみをおぼえるとともに、自分の身に負わされた、守秘という荷の重さを痛感する。気丈なあきは病人の夫のためにむしろ張り切る気持ちが湧いてくるが、かえって佐吉に病の深刻さを悟らせてしまうのではないかと心配して立ち居振る舞いにも注意し、台所ではことさら静かにしようと心がける。

こうした緊張がつづくなか、近所で夜中に火事が起きる。あきは、佐吉の指示で幕の内弁当をこしらえ見舞いへ駆けつける。この翌日、あきは台所へ立つのをおっくうがる。佐吉はそんなあきに、火事でくたびれたのが原因でなく、もっと前から神経がまいっていると指摘し、あきをどきっとさせる。そして、しばらく前からあきの「台所の音」がおかしいと思っていたと言って、彼女をまたひやりとさせる。

「台所の音がどうかしたの？」

「うむ。おまえはもとから荒い音をたてないたちだったけど、ここへ来てまたぐっと小音《こね》になった。小音でもいいんだけど、それが冴えない。いやな音なんだ。

水でも包丁でも、なにかこう気病みでもしてるような、遠慮っぽい音をさせてるんだ。気になってたねえ。あれじゃ、味も立っちゃいまい、と思ってた。」

佐吉の話を聞くうち、あきはたまらない気持ちになってくる。ここまで精緻に聞き分けられ、ここまで犀利《さいり》に洞察されるなら、隠し事などとうていできる気がしない。佐吉は冗談めかして自分の死について触れ、あきは疑心暗鬼にさいなまれる。自分の病状に佐吉が気づいていないのか、察していながらあえて気づかぬふりを装っているのか、判じがつかないからだ。結局この日、あきは休まず店を開ける。

火事の日を境に、佐吉の容態は目に見えて悪化する。目の下の隈は消えなくなり、食欲も落ち、痩せ、痛みを感じるようになった。「病勢が早足になってきたようだ」という主治医の言葉がそれらの症状を裏づける。

あきはジレンマに陥ることとなった。手を尽くして看病したいが、店があり、休むことは佐吉が承知すまい。といって、入院させることはあきが許容できなかった。佐吉のように、美味しいものを作ることに人生を捧げてきた人間は、病院食のがさつさに耐えられないだろう。

いっぽう佐吉は、店の営業が終わったあとで、家を新築する話をあきに楽しげに語る。それはもともと夫婦ふたりの夢ではあったが、近場で起きた火事に急かされるような気もして、早く実行したくなったと一心《いっしん》に話す様子を見ると、あきには、とても夫が自分の病気の実情を理解しているようには思えない。ところが、そう思ったしばらくあとで、佐吉が自分の死期を悟っているかのごとき寝言を言い、また疑心に引き裂かれたあきは、「台所の音をはなやかに」するよう心がける。

佐吉は時折ぼんやりするようになった。なにかのはずみで、古い思い出がよく思い出されるようになったという。あきは、佐吉の昔話を聞かせてくれるようせがむ。佐吉は過去を語りたがらない男だったからだ。

このあと佐吉の回想場面となる。

佐吉は過去、ふたりの妻を娶っている。最初の妻は鈍重な女性で、ふたり目の妻はそれとは対照的に粋なところもあるが、勝ち気で激しい気性の持ち主だった。ひとり目の妻と別れたのは、彼女のものの食べ方に生理的不快をおぼえたのが原因だ。ふたり目の妻と別れるきっかけは、ろくに台所仕事をしない彼女が、あるとき台所で働いている佐吉につっかかり、逆上して投げた小さな包丁が、立てかけてあったお櫃《ひつ》の底へ突き立った、「とっ」という音だった。ふたりの夫婦関係にはすでに亀裂が入っていたが、その音を聞いた佐吉の心は完全に冷え切ったのである。

このふたりの妻について佐吉があきに話さずにいるのは、彼なりの優しさからだ。ひとり目の妻は、時間とともに嫌悪感が薄れて気の毒さが増し、ふたり目については、時間とともに異常さより滑稽さが増すように感じられて、どちらも、ほかの人に語るに忍びないと考えているのだ。

小説は、あきが揚げ物をする音を佐吉が雨音と聞きちがえ、夫婦ふたりで、年月を重ねた夫婦にしかできないような会話をしたその夜、佐吉があきにひとり語りに語る、いたわりに満ちた言葉の連なりによって、胸に迫りつつも静謐で、悲しくもどこかほんのり可笑しみのある終わりを迎える。

すみれは、病み上がりにもかかわらず、貴重な睡眠時間を削って一気に読んでしまったところでわれに返る。

読んでいる途中、自分がなぜこれを手にしているのか忘れていた。それほど没入していたのだ。文庫本でわずか五十ページほどの短編であるにもかかわらず、一本芯の通ったしっかりとした読み応えがあり、しっとりとした深い余韻が残った。

すみれは、自分がこの小説を読んだ理由を思い出したが、とりあえずそのことは後回しにして、充実した読後感を胸に抱いて眠りについた。

3

すみれが紙野君と「台所のおと」についてゆっくり語れるタイミングができたのは、二日後のこと。この日、営業時間後、ほまりさんを交えて三人でのミーティングを行い、その後紙野君に夕食をつき合ってもらった。ほまりさんにも声をかけると、喜んで参加するということだったので、そのまま飲み会に突入したのだ。

「すごい小説でした、っていうことだけは言ったよね？」すみれは言った。「わたしがあまり小説を読んでいないからかもしれないけど、短編なのに、長編を一本読んだみたいな読み応えがあった」

「同感です」紙野君が言う。「あの小説には、人生の手応えというものがたしかに感じられる。それが小説の価値のすべてとは思わないけど、『台所のおと』の充実感はなによりそこにあると思います」

「主人公ふたりに、フィクションとは思えない存在感を感じましたー」

やはり「台所のおと」を読んでいたほまりさんも話に加わる。

「時代背景だって、いまとは全然ちがうのに。こんな人たちがやっている料理屋なら、建物が立派じゃなくても、きっと美味しいにちがいない、って思っちゃいますもん――食いしん坊の感想ですが」

「うんうん、わたしもそう思った」すみれは全面的に賛同する。

「そうですね」と紙野君。「じっさいにお客が来て食事をしているシーンはないのに。まず、佐吉とあきの人物像がしっかり描かれているというのがあるんじゃないかな」

「なによりふたりとも、清潔感がありますよね」ほまりさんが言う。「絶対料理も繊細できりっとしてるはず、ってなぜか確信できるんですよ」

「わかる気がするな。この作品にかぎらず、幸田文の小説に共通して感じるのは、潔癖さ、潔さ、じゃないかなって感じるんだよね。俺も全作品を読破したわけではないので、あくまで印象だけど」

赤ワインを飲んだすみれも口を開く。

「わたしも小説素人の感想だけど、作者自身、とても行き届いた、神経が立った人だなって感じる。生活っていう日常のレベルのすべてをないがしろにせず取り組んでる静かな気迫っていうのかな、そういうのが生き方にまで昇華されてる印象だった」

「これは解説にも書いてありますが、幸田文は、父である幸田露伴から、料理や裁縫や掃除などの家事、礼儀作法を徹底的に教育されたという話です」

「へえ、お母さんじゃなくて？」すみれはまだ解説まで目を通していない。

「生母は早くに亡くなったみたいで」

「すごーい」ほまりさんが口を開ける。「幸田露伴って、わたしでも知ってる文豪が、そんなことまで娘に教えてたって、オールマイティにもほどがありませんか？」

「おなじ解説に、露伴の厳しい教育は時に理不尽で、娘にとってけっして快いものではなかった、とも書いてあるから、あまり神格化するのもどうかと思うけどね。ただ、解説には、作中の佐吉があきに料理を教え込んで成長させたという図式は、父露伴と娘文との関係にも重なるという読解も開陳されてる」

「――あっ、そうか」すみれは気づく。

「言われてみれば。昔の話だから、そういうものなのかな、と思いながら読んでたけど、夫婦で小さな料理屋を出すのであれば、板前さんひとりに、接客ひとり、夫が板前なら妻はおかみさん、っていうフォーメーションのほうが自然だよね。板前の夫が妻を料理人として仕込む、って、現実ではあんまりなさそうなシチュエーションな気がする。いまの話を聞くと、納得しちゃうね。あれ？　もしかして、幸田露伴は、小説の書き方も文に教えてた？」

「それは――幸田文のいわゆる、文学的な才能については、必ずしも父の直接的な薫陶によるものというわけでもないようなんです。もちろん、父親が偉大な作家であるという環境の影響は多かれ少なかれ受けているはずですし、遺伝的なそれも無視できないかもしれませんが」

「――あ、それで思い出した。佐吉のせりふにあったよね？　『教育とか習慣とかいうものは、性質で破れちまうんだ。』って。この小説が言いたかったことのひとつって、それじゃないかと思ったんだ。佐吉は過去ふたりの女性と結婚し、どちらとも別れた。別れた原因は、結局のところ、ふたりの女性の、教育とか習慣とかではどうにもならない、生まれながらの性質が気に入らなかった、あるいは合わなかったから。でも、三人目に結婚したあきはちがった。彼女の台所の音は、佐吉にとって快いものだった。台所での音は、根っからの料理人である佐吉にとって、なにより人間の性質をよく表すもの。三人目にして、佐吉は、自分の性根と合う性質を持つ女性と巡り会い、結ばれることができた。わたし、『台所のおと』のテーマは、それじゃないかと思ったんだけど」

「そうですね。三人の女性を、台所の音、また食とのかかわりを通じて鮮やかに描き分けたところが、この小説の素晴らしい切れ味と求心力になっている。そして、佐吉のそのせりふが小説のテーマあるいは通底音になっていることは、俺もまったくそう思います。佐吉はあきを料理人として教育し、その成果としての成長も喜んでいるようですが、なにより彼女の、教育に左右されない本質を認め、愛している」

自分の意見が紙野君に受け入れられて、すみれはうれしくなる。

「わたし――佐吉の最後のせりふ、うっとり&うるっときちゃいました」

　ほまりさんがほんのり頬を赤らめる。

「ラストのひとり語りの言葉だよね」紙野君が応じる。「あきの台所での音に寄せて、佐吉は、彼女という人間の本質的な美徳について、惜しみなく賛辞を――愛慕の言葉を捧げている。あれ、ずるいよなあ」

　紙野君が、困ったような、少し怒っているようにも見える笑顔になる。なかなかにキュートだ。しかしすみれも、くだんのせりふには、あー、来たか、やられたー、という感懐をおぼえていた。三人ともおなじように感じたらしい。

　すみれは紙野君に訊ねる。

「これは結局、出会うべきふたりが、お互いいろいろな経験を経て出会う、っていう話だよね？　その意味ではハッピーなんだけど、ラストでは別れが暗示、っていうかほとんど明示されてるところが切ないんだ。けどやっぱり素敵」

「ロマンティックな話ですよね、とっても」紙野君がうなずく。「それを生活というもののディティールにからめて切り取る手際が、じつに渋いというか、文章にもいっさいの無駄やてらいがなく、しなやかで強く――小説としての凄みに唸らされます」

「凄みかあ……たくさん小説を読んでる紙野君が言うんだから、まちがいないんだろうね。わたしもすごいなあと思ったのは、さっき紙野君が言ったように、とても潔癖さを感じさせる小説でありつつ、どきっとするほど艶っぽい描写もたくさんあるところ。ほら、あの、包丁研ぎのところとか」

「うん、あそこの描写はすごい」

「台所の音に関する描写は、ほかも全部、唸っちゃいました」ほまりさんが言った。「胡麻豆腐を作るときのすり鉢の音とかも」

すみれはうなずく。紙野君が、

「おそらくあの辺りの文章は、実体験の裏づけなしには書けないものだろうし、そう考えると、幸田文の、作家としての核となる感性の芯に当たる部分には、露伴による教育の影響も小さくなさそうな気もしてくるね」

「父と娘の関係ね……うーん」すみれは唸る。「難しいよねえ、今回の謎は」

「はい」ほまりさんも眉根を寄せた。

「謎……？」紙野君が眉をひそめる。

「あ！　もしかして忘れてた？　中村さんのこと……？」すみれは指摘した。

「いや――そうでした」紙野君はちょっとあわてた感じでワインを飲む。

「忘れてたよね」すみれは少し意地わるい気分になって笑ってから、表情を引き締める。「いや、わたしには紙野君を笑う資格はないのでした」

「どうしてです？」

「いま言ったとおりだよ。難しすぎるでしょう、今回の謎。紙野君はまちがいなく『台所のおと』をヒントとして彼におすすめした。でもこの小説、短編なのに、いま三人でちょっと語っただけでもあれだけ論点があるんだよ——あ、答えはまだ教えないでいてもらっていい？」

「俺の考えが答えとはかぎりませんが——わかりました。ただ、小説はあくまでヒントにすぎません。問題のほうに立ち返って考えたほうがいいとは助言させてください」

「そうか、そうだよね。じゃなきゃ本末転倒だよね。中村さんが抱えている悩みは、楓さんがなぜ距離を置こうと言ったのか理解できずにいること。そしてその悩みの核となっているのは、献立の謎」

「そうなりますね」

「なぜ楓さんは、中村さんと決めた和食の献立を、当日になって世界各国のメニューに変えたのか。わたしはやっぱり、中村さんが考えたような理由なのかな、って思ってしまうのよね。でも、そうでないとしたら——なんなんだろう？『台所のおと』にも料理は登場するけど、ほとんど下ごしらえだけで、完成したところはなかった気がする。基本的には和食だけで、洋食についても触れられていないし」

「あの、わたし、ひとつ考えたんですけど」ほまりさんが言った。

「あ、聞かせて」

「すみれさんがいま言った、和食とか洋食とかっていう話に関係するんですが。中村さんが最初に考えた献立って、とんかつがあるから厳密にはそう言わないのかもしれませんが、鯛のお造りとか白和えとか煮浸しとか肉じゃがとか照り焼きとか潮汁とか、基本的には和のイメージですよね？　でも、当日になって楓さんが急遽変更した献立には、その痕跡はほとんど残ってない。もしかして――楓さん、世界各国の料理を作るのは得意だけど、和食は苦手だったりしません？　だから当日になって、自分に自信のある料理で勝負するようにした。そういうことはないかなと」

「……うーん、その可能性もあるのかなあ。わたしもちょっと、似たようなことを考えたんだけど、これまで楓さんに聞いた話からすると、そうも思えないのよね」

ほまりさんがすみれ屋に入る前、すみれは楓さんから、一冊の本をプレゼントされた。『消えないレセピ　娘へ継《つな》ぐ味と心』というソフトカバーの本だ。

「これ、すごくいいから、ぜひ読んでください」

楓さんはそのときすみれにそう言った。

「すみれさん、辰巳浜子《たつみはまこ》の『料理歳時記』が愛読書のひとつって言ってましたよね？　だったらこの本、きっと気に入ると思う。紙野さんのところで売ってないから、プレゼントします」

オレンジと緑でデザインされた、品のいい感じの本だ。著者は野村紘子《のむらひろこ》。

「野村紘子……？」すみれははじめて聞く名前だった。

「料理教室を開かれている方で、娘さんはフードディレクター。ちょっと、料理研究家の辰巳浜子と辰巳芳子《よしこ》さんの母娘みたいじゃありませんか。著者の紘子さんは、茶道や華道に通じたお母さんから料理を教わってずっと作りつづけてきたそうで、だから彼女のレシピは、日本の伝統的な生活をその芯に感じさせる、季節感あふれるものなんです。この本も、四月からはじまって、五月、六月……とその季節の素材を使ったレシピが一年分載ってます。『料理歳時記』が春からはじまって冬で終わるように」

日本の料理研究家の草分けとも言われる辰巳浜子が書いた『料理歳時記』は、もともと昭和四十年代に出版された本だ。すみれは、紙野君が古書スペースで売っていて、お客様に薦めるのを見て、その文庫版を購入した。

なかには、季節感や生活感豊かな料理の献立が記されているが、それだけでなく、戦前までさかのぼる日本の食文化が、著者の目線を通して体験できるように感じられるところが素晴らしい本だとすみれは思う。

辰巳浜子は料理研究家と呼ばれることをよしとせず、自ら主婦と名乗りつづけていたらしいが、彼女のそうした地に足のついた感性にも共感する。まだ「エコ」などという言葉が存在しなかった頃にも、自然の恵みに感謝しながら、日々の暮らしを丁寧に送る自然体の生き方は存在し、できる範囲で実践する人はいたのだというたしかな手応えを感じさせてくれる、すみれにとって胸が晴れるような読書体験を得ることができた。

「これ、二〇一五年に出版された本で、『料理歳時記』とはまたちがったレシピがたくさんありますが、日本人として懐かしさを感じるものも多いし、写真も素敵だから、眺めているだけで楽しくなりますよ」

楓さんに手渡された本を、すみれはぱらぱらめくってみた。筍の炊き合わせや色鮮やかな野菜ずし、水に浸した小豆などの写真が目に飛び込んでくる。

「ほんと！　素敵ですね」

「料理のコンセプトもおもてなしなんですが、巻末の料理名索引には、手土産向けとかさっと作れる料理とか、大勢のお客様向けとかが、●▲■のインデックスでシンプルに表現されてて作った人の細やかな心配りとセンスを感じさせるし、装幀もいい。すんなり手に馴染む製本だし、本自体、モノとしての出来がすごくいいんです」

「本当にいただいていいんですか？」すみれは楓さんに訊ねた。

「もちろん。わたし、料理が好きなお友達にはみんなプレゼントしてるんです。すみれさんもわたしみたいに、この本のレシピ、何度も作るようになると思いますよ」

楓さんが言っていたとおり、すみれはその本を読んでとても気に入った。眺めているだけで楽しいので何度も開いているし、レシピのいくつかも休みの日などに作ってみて、出来に満足している。

　この本には、リゾットやクレープシュゼットやザワークラウトといった洋食のレシピも載っているが、かぶの千枚漬けや栗ご飯やふきと手まり麩の煮物といった日本食のレシピも多い。食材の季節感は完全に日本のもので、この本をすみれに贈ってくれた楓さんが日本の料理を苦手としているとは思えない。

　すみれはそのことをほまりさんに伝えた。

「そうかあ」彼女が言った。「考えてみれば、そもそも楓さんが苦手な献立を、いくらお祖父さんとお祖母さんが好きだからって、中村さんも勝負メニューには選びませんよねえ。……とすると、なんなのかな」

「『台所のおと』に戻るなら、佐吉とあきとの夫婦関係に目を向けるべきなのかしら。中村さんと楓さんにとっての最大のテーマは結婚なんだし」

　すみれは思いつきを口にした。見かねたのか、紙野君が口を開く。

「小説の力が強いから、どうしてもそっちに引っ張られちゃいますよね。けど、俺の考えはもっとシンプルでした」

「シンプル……？」

　つぶやいたすみれとほまりさんの目が合う。ほまりさんも、まだ答えに到達していないようだ。

「楓さんが、中村さんと打ち合わせて決めた最初の献立と、じっさいに作った献立とを比べてみたんです」

紙野君は、紙とペンを持ってきて、献立を書いた。

◆事前に決めた献立

鯛の皮霜造り
アスパラガスの白和え
茄子の煮浸し
椎茸の肉詰め焼き
肉じゃが
鶏の照り焼き
とんかつ
潮汁
白飯

◆じっさいに作ったもの

ポテトサラダ（アメリカ）
棒々鶏（中国）
ババガヌーシュ（中東）
アスパラガスのウフ・ア・ラ・マヨ（フランス）
ボリート（イタリア）
椎茸の肉詰め焼き（日本）
ビーフストロガノフ（ロシア）
鯛飯（日本）

「レシピはないので、あくまで中村さんの話を聞いての推測になりますが、楓さんは、事前に決めた献立のために用意した食材をじつに上手に組み替えて、世界各国のメニューとして展開していると思います」

紙野君はその紙を、すみれが見やすいように向けてくれた。

「えーと……ポテトサラダのジャガイモは、肉じゃがから。棒々鶏の鶏は、照り焼きの鶏よね。キャベツはとんかつ用で、胡麻だれの練り胡麻は、白和えのために用意したやつだろうね」

変更後の料理の材料が、もともとはどの料理のために用意されたものだったのか、推測してみる。

「ウフ・ア・ラ・マヨの茹で玉子は――どれだろう？」

「とんかつの衣に使うはずだったものでは？」ほまりさんが助け船を出してくれた。

「あ、それだね。ババガヌーシュの茄子は煮浸しにするはずのもので、こちらも練り胡麻は白和え用のもの。自家製クラッカーの薄力粉はとんかつの衣用。ボリートの肉は豚ロースの塊って言ってたから、本来はスライスしてとんかつに使う予定だった。玉葱、ニンジンは肉じゃがから。ビーフストロガノフの薄切り牛肉と玉葱も、肉じゃがが用のもので、薄力粉はやっぱりとんかつの衣。ホワイトソースにした牛乳は、常備してあってもおかしくないよね。鯛飯の鯛はお造りと潮汁のためのもの。……本当だ。無駄なく組み替えられてる。よく考えられた献立だよね。余らせた食材は、白和えの豆腐くらいかな？」

「俺もそれくらいしか思いつきませんね」紙野君がうなずく。

「あ、もしかして、そこにヒントがあったりして？」

「この表を見て、ほかになにか気づくことはありませんか？」

すみれは、ほまりさんと一緒にもう一度よく眺める。

「ひとつ不思議なのは、椎茸の肉詰めの存在ですかね」ほまりさんが言った。「これだけ、なぜか最初の献立から変更してませんよね」

「そうだよね」すみれも同意する。「もしかするとそれは日本料理枠を確保するためかな、って思ったけど、そうなると最後の鯛飯はなんなのか。日本の料理だけ、ふたつ、かぶってるものね。ほかの料理は全部国をちがえてあるのに」

「俺も、まずそこを疑問に感じたんです」紙野君が言った。

「でも――どうしてだろう。もしかして、それが中村さんのお祖父さんとお祖母さんの一番の好物で、残したとか」

「ひょっとして、日本の華道へ敬意を表して、日本の料理だけはふた品にしたとかも、ありそうじゃないですか？」

ほまりさんの言葉に、紙野君は、

「その可能性も否定はできないね」

「でも紙野君はちがうと思ってる、ってことかあ……」すみれは嘆息する。

「まあわたしも、もしそう考えたなら、椎茸の肉詰めより、より日本を感じさせる、鯛のお造りと、そのアラで取った潮汁のほうを残すかな。いや、ふだんなかなか食べられない鯛飯も大好きなんだけど。ひとりやふたりだとなかなか鯛をまるまる一尾は使えないもんね——あ、ちょっと待って！　もしかして……まさか、そういうこと？」

すみれは紙野君を見た。

「えっ、わかったんですか、すみれさん？」ほまりさんが声をあげる。

「うん、もしかしたら。ううん、本当の事情まではわかってないかもだけど——上の献立と下の献立とのちがいが。和食と各国料理とかって考えてるうちは気づかなかったけど、そうじゃない、もっと決定的にちがってることがある。——そうだよね、紙野君？」

すみれの言葉に——紙野君がうなずいた。

4

その数日後。

「――やっぱりそういうことだったんだねえ。紙野君の推理がまた的中」

紙野君に向かってそう口にしたすみれの内心は複雑だった。

アイドルタイム。すみれはほまりさんにも手伝ってもらって仕込み作業をすませ、ほまりさんが作ったまかないを食べるふたりとテーブルに向き合って座り、自分は食事をせずコーヒーを飲んでいた。

「でも――その後の展開は、まったく予想できませんでした」

紙野君が神妙な顔で答える。

昨夜、すみれ屋をふたたび中村さんが訪れ、前回来たあとに起こったことを紙野君に報告したのだ。


「最初は、おすすめされた意味がよくわからなかったんです」

カウンター席に座った中村さんは、紙野君に向かって、噛み締めるように言った。

「でも、紙野さんはいい加減なことを言うような人じゃないし、おすすめしてくれた本だって、ほんの数百円ですもんね。紙野さんを信じて、帰って早速、『台所のおと』を読んでみました。昔の小説だからか、内容を理解するのに時間がかかりましたが、途中で慣れたら、面白くなってきて。その夜のうちに、読み終えました。そして、なぜ紙野さんはこの小説を薦めてくれたのか考えたんです。そしたら、わかった気がしました――」

中村さんはそこで言葉を切り、ほまりさんがサーブしたクラフトビールに口をつけた。沈痛な面持ちだ。

「僕がもう少し注意深ければ、小説のタイトルだけで気づいていてもよかったんです。われながら情けない。『台所のおと』は、ものすごくざっくりまとめちゃうと、佐吉という夫が、あきという妻が台所で働く音にひたすら耳を傾ける話、ですよね。あの日、別荘のキッチンで彼女が料理を準備する間、僕は最初、ダイニングでテーブルセッティングをしていました。その後は花を生けていたのでそこは離れてしまいましたが、ダイニングにいたときは、彼女がキッチンで料理する音がカウンターごしに聞こえていました。そのときはわからなかったけど、あとから思い出して気がついたんです――そういえばやけに静かだったな、って。いつも楓さんの部屋で彼女が料理する音と比べてそう感じました。そしてすぐ、その理由に思い当たったんです」

キッチンで作業しながら、すみれは中村さんのつぎの言葉を待ち受けている自分に気づいた。

「静かなのは、いつもしている音がしていなかったからでした――包丁の音が」

すみれが予期していたとおりの発言だった。

紙野君に、事前に決めたものとじっさいに出されたもの、ふたつの献立を並べた紙を見せられたとき、すみれは、前者と後者には、日本料理と各国料理などというジャンルだけでない相違点があることを発見した。正確には、後者に共通するある特色に気づいたのだ。

楓さんが当日作った料理はどれも、包丁を使わなくてもできるものばかりだった。

ポテトサラダは茹でたジャガイモの皮を剥きマッシャーで潰して作る。棒々鶏の鶏肉は茹でたものを指で裂く。付け合わせの千切りキャベツはどこの家庭にもあるピーラーあるいはスライサーを使えば簡単だ。ババガヌーシュの茄子はディップだ。焼き茄子あるいはレンジで加熱した茄子の皮を剥き、実の部分をスプーンでこそげてフードプロセッサーでピューレ状にし、ほかの調味料と混ぜればいい。

ウフ・ア・ラ・マヨネーズのアスパラガスは一本そのまま湯がいたものを飾るのがふつうだ。ボリートの豚ロースは、圧力鍋を使って塊肉をナイフで切り分けるのが不要なまでに柔らかく仕上げていた。ビーフストロガノフはあらかじめ薄切りされている牛肉と、やはりピーラーかスライサーで薄切りにした玉葱で作れる。鯛飯の鯛は、姿のままの鯛を白飯に載せて炊きあげる。内臓を抜くなどの下処理は、尾頭つきの鯛を売っているような魚屋さんならやってもらえる。

逆に、あらかじめ決めていた献立は、包丁なしには作ることができない。

鯛のお造りすなわち刺身はもちろんのこと、白和えにするアスパラガスを一本丸ごと出すことはあり得ないし、煮浸しにする茄子も同様で、火の通りや味のしみこみをよくするため皮に隠し包丁を入れるのが一般的なやり方だ。肉じゃがのジャガイモ、ニンジン、玉葱も包丁で切り分けるし、鶏の照り焼きは完成したものを切り分ける。とんかつのために買ったロース肉は塊肉だったので、スライスする必要があった。

唯一の例外が、椎茸の肉詰め焼きだ。

これは、椎茸を細かく切らず、傘の部分を丸ごと使う。上下を逆にした傘の内側の部分に味つけした挽肉を詰めて焼く。石づきつまり軸の部分を取るには刃物が必要だが、包丁がなかったとしてもキッチン鋏で事足りる作業だろう。

この料理だけが、鯛飯とかぶる日本の料理であるにもかかわらず、元の献立から残っていたことへの違和感が、すみれに包丁のことを気づかせるきっかけのひとつとなった。

中村さんもすみれも、最初は、ホームパーティ当日に楓さんが、あらかじめ決めてあった和食の献立を各国料理のメニューに変えたという観点で捉えた。が、そうではなかった。楓さんは、包丁を使わなければ作れない料理を、包丁がなくても作れる料理へと組み直したというのが真相だったのだ。

そしておそらく、その変更は予定されていたものではない。

すみれがそう考えた理由は、棒々鶏だ。決まっているわけではないものの、棒々鶏の付け合わせ野菜は、きゅうりあるいはトマトが一般的だ。キャベツの千切りがいけないというわけではないが、すみれは違和感をおぼえる。あらかじめ棒々鶏を作るつもりなら、きゅうりを用意しているほうが自然に思われた。

楓さんは、なんらかの理由で、ホームパーティの当日、元の献立を包丁を使わないそれへと変更したのではないか。

それが、すみれがたどり着き、紙野君も認めた推論だった。

「和食と各国料理というような軸で考えるべきでないというヒントになったのは、椎茸の肉詰めでした。棒々鶏のキャベツもそうですが、俺がそれから包丁というキーワードに気づいたきっかけは、ババガヌーシュです」

「焼き茄子の中身をピューレにした料理ね」

「はい。俺、昔は料理をしない男だったんです。すみれさんとすみれ屋を起ち上げることが決まってから、台所に立つようになりました。包丁もろくに持ったことがなかったので、本やネットを参考にしながら試行錯誤したんですが、そのとき面白く読んだなかに、エッセイストの玉村豊男《たまむらとよお》が書いた『男子厨房学入門《メンズ・クッキング》』という本があります」

「玉村豊男って、たしか、長野県でワイナリーとかもやってる人だよね？」

すみれも名前は聞いたことがある。

「そうです。『男子厨房学入門』は、一九八五年に初版が出た本で、つまりいまから三十年以上前。料理男子なんていう言葉が登場するはるか以前、『男子厨房に入るべからず』という言葉がまだ生きていた頃です。著者は、男子も厨房に入るべし、という立場から、超初心者に向けてこの本を書いています」

「そうか。男性が書いた料理本ていうと、檀一雄《だんかずお》の『檀流クッキング』じゃないけど、なんか豪快な、男の料理、みたいな流れもあると思うけど、それとはちがうわけね」

「ええ。『檀流クッキング』のレシピは、初心者にはハードルが高いものもけっこう多いですが、『男子厨房学入門』はちがう。なんでもいいからとにかく料理をはじめてしまえ、という主張のもと、本の最初のほうに、包丁を使わず作るレシピがいくつか載ってるんです。青椒肉絲《チンジャオロース》とかトマトシチューとか。食材を全部指で裂いたりちぎったりするという乱暴なレシピが。そのひとつに焼き茄子があって、超初心者の頃、俺もじっさいに作ってみたんです。皮に包丁を入れないで焼くと破裂するけど、たしかに包丁を使わなくてもできる。ババガヌーシュというメニューを見てそのことを思い出したんです」

――では、なぜ、楓さんは包丁を使わない献立に変更したのか？

残念ながら、そこから先は、それまで以上に不確かな憶測になってしまう。

すみれは、真相を知るために中村さんがふたたび店に来てくれるのを期待していたが——紙野君もほまりさんもおなじ心境だったにちがいない——ついにその日が訪れたのだ。

「久しぶりに楓さんに連絡して、謝らなくてはいけないことがあるので会って欲しいと頼みました。彼女は会ってくれて、謝らなければならないことはなにかと訊ねました。そこで僕はこう言ったんです。あの日楓さんが献立を変えたのは、トラブルがあったから——キッチンに包丁がなかったからだよね、と。キッチンのあるべき場所、シンクの下の棚の扉ポケットから、あるはずだった包丁が三本ともなくなっていたし、ほかの場所にも見つからなかった。そして楓さんはとっさに、だれかが故意に隠した可能性が高いと考えた」

なぜなら別荘にはすでに前日から中村さんの家族と伯母の一家が泊まっていて、中村さんと楓さんが着く直前にも料理をしていたからだ。しかも——と、中村さんはつけ加えた。中村さんの伯母が作ったのは、蕎麦粉のガレットと、アヴォカドとトマトなどを使ったチョップドサラダ。チョップドサラダはすべての具材をひと口大に刻んだサラダだ。包丁なしには作れない。

中村さんは、黙って彼の言葉を聞いている楓さんに、さらに自分の推理をぶつけた。楓さんが包丁のことを中村さんに言わなかったのは、包丁を隠しただれかの動機が楓さんへの、あるいは中村さんへの、あるいは両者への、いずれにせよ悪意だと思ったからだ。祖父母の前で楓さんの株を上げようという中村さんの計画の邪魔をしようとしていると考えるのが自然だろう。

「僕は、楓さんがそのことを自分からはけっして僕に言わずにいたのは、僕の家族や親族を悪者にしたくないからだろうと彼女に言い、あらためて謝りました。ほら、紙野さんが薦めてくれた『台所のおと』でも、主人公のふたりはお互い、相手に対して秘密を隠し持ってましたよね？　あきは佐吉の病気のこと、佐吉は過去のふたりの妻のこと。ふたりとも、相手や自分と関係のあった人間への思いやりのためにそれを秘密にしている。ところが、やっと口を開いた楓さんは僕に、『ちがうよ』と答えたんです」

楓さんは中村さんにこう言ったという。

「あ、包丁がなかったことまでは合ってる。悪意を持っただれかが隠したと思ったのも。でもわたしがそのことを司君に言わなかったのは、べつにだれかをかばおうと思ったからじゃない。包丁がないってあたふたしたら、だれだか知らないし興味ないけど、隠した人間の思惑どおりになる。だれがやったかその気になればすぐわかりそうだし、下手したら逆効果になるよね。人を困らせるにしてもいやがらせの程度が低すぎる。そういう人間を相手にするのも馬鹿馬鹿しいかもしれないけど、わたしはなんだか面白くなって、それなら逆にひと泡吹かせてやろうか、って思ったんだよ。職業柄アドリブは得意だし」

そこで楓さんは、用意してきた素材を元に、その場で献立を組み替え、包丁いらずの料理を作って、まるで最初からそう計画していてなにも問題などなかったかのように平然と、別荘に戻ってきた一同に供したのだ。各国料理というインパクトあるテーマも添えて。

包丁はなくなっていたが、唯一残っていた刃物もある。クープナイフだ。バゲットやカンパーニュなどのパンの生地に入れる切り込みをクープという。焼いて膨らんだとき生地が裂けるのを防いだり、あるいは生地への火の通り方をコントロールするために入れる。

このクープを入れるための道具がクープナイフだ。カミソリの刃のように薄い小さなナイフで、刃がカーブしているものもあるが、中村さんの別荘にあったのはまっすぐな刃のものだった。別荘のキッチンで一度バゲットを焼いたことがある楓さんはクープナイフの収納場所も知っていた。さすがにお造りは無理だが、アスパラガスの端っこや、ボリートに入れるニンジンや玉葱のへたや先端をカットしたり、鯛飯の鯛に隠し包丁を入れたりといった作業にはこれで間に合ったという。

楓さんはさらに中村さんに言った。

「隠そうとしてるけど、あきらかに動揺している人たちが三人ほどいらした。でも君はまったく気づいてないみたいだったね。べつに配偶者に守って欲しいとは思わないけど、夫婦を人生のパートナーと考えると、司君、ちょっと頼りないなって思った。わたしが献立を変えた理由もわからないままだったら、結婚相手としては物足りない。それなら考え直したほうがいいと思ったのでそう言ったのでした」

中村さんは楓さんにあらためて、結婚を見据えての交際の再開をお願いし、楓さんは了承した。

そして——

「僕の両親も、いまでは僕と楓さんの結婚を応援してくれています。ふたりとも、楓さんの人柄ではなく、結婚後も家庭に入らないというところだけが引っかかっていた。でも祖父母が楓さんをとても気に入って、華道は守るべき日本の伝統文化だけど、華道家のあり方は時代とともに変わってゆくのも当然だと、楓さんが仕事をつづけることにも理解を示してくれたので、考えを変えたんです。僕自身、これまでは次期当主を目指すことにそれほど執着はなかったんですが、別荘での一件があって、がぜんやる気が出てきました。楓さんじゃありませんが、自分を蹴落とそうとする相手に、ひと泡吹かせてやりたくなったんです」

中村さんの上品な顔立ちに、たくましい笑みが浮かんだ。

「楓さんに見放されずにすんで、無事婚約できそうなのは、紙野さんのおかげです。本当にありがとうございました――！」

「これでまた、紙野君おすすめの本に救われたお客様がひとり増えたね」すみれは紙野君に言った。「それが評判になって、紙野君目当てのお客様がたくさん来てくれたら、うちとしてはありがたいかぎりだけど」

「そんなことはないと思いますが……すみれ屋が繁盛するのは大歓迎です。ほまりさんという強い味方もいてくれることですし」

「ほんとだね」すみれはうなずく。

ほまりさんは呑み込みがよく、紙野君は相変わらずの柔軟な対応力を発揮してくれ、三人になってもきちんとチームとして機能している。すみれがかつて感じていた危惧をいい意味で裏切る結果となり、店の地力が底上げされていた。

紙野君とすみれの言葉を聞いたほまりさんの素直な笑顔はすみれの胸を温かくした。

昨夜、中村さんの話を聞いて、すみれは寝る前に辻征夫の詩集をまた開いていた。タイトルはずばり「婚約」だ。

鼻と鼻が
こんなに近くにあって
(こうなるともう
しあわせなんてものじゃないんだなあ)
きみの吐く息をわたしが吸い
わたしの吐く息をきみが
吸っていたら
わたしたち
とおからず
死んでしまうのじゃないだろうか
さわやかな五月の
窓辺で
酸素欠乏症で

直球なくらいにロマンティックで情熱的で、そしてとっても愛らしい、すみれの大好きな詩だ。読んでいると楽しくなるが、けれど同時に、こういう感覚や経験を、自分は忘れて久しいなと寂しい気持ちも頭をもたげてくる。

でも、すみれは、紙野君やほまりさんと一緒にすみれ屋で働くいまの自分が好きだ。責任は重いし紙野君やほまりさんにはフェアであるよう努めなければならないが、それでも自分の理想にしたがって仕事ができる環境に身を置けていることに、生きる手応えを感じる。

ロマンスには縁遠くなっているかもしれないが、強がりでなくいま自分は幸福だし、まるでわが子のようにも感じてきているすみれ屋をしっかり守り、育てていくことはもはや生きがいと言っていい。

「あ、そうだ」すみれは言った。「ほまりさんにも、そろそろお客様に出す料理をおぼえてもらわなきゃね。まずはサンドイッチから」

「わあ、ほんとですか！」

ほまりさんが、跳び上がらんばかりのリアクションをした。

先日風邪で倒れて店を休み、「台所のおと」を読んで、すみれの気持ちに変化が生まれた。「台所のおと」の佐吉とあきは夫婦だ。彼らにとって、店はたんなるたつきを立てるためだけの道具ではなく、まさしく子供のようなものだったにちがいない。佐吉は、具合がわるくなっても、いや、身体が弱るほど、自分の店の先行きを気にしてあれこれ考えていた。

これまで自分は、自分ですべてをコントロールすることにこだわりすぎていた。すみれ屋という店のことを考えるなら、自己管理を心がけるのはもちろんだが、人を育てて、うまくサポートしてもらえるようにしなければならないのだ。そう気づかされた。

ほまりさんに積極的に仕事を任せてゆくことは、いずれ独立するつもりの彼女のためにもなる。

そしていつものように――こんなふうに思えたのも、紙野君のおかげだ。

すみれがふと目をやると――窓から入る透き通った柔らかな光のなかで、紙野君がすみれに向かって深い笑みを返した。

主要参考文献

『サンドイッチの発想と組み立て　世界の定番サンドイッチとその応用』ナガタユイ（誠文堂新光社）

『ビストロブック　ＦＯＯＤ＆ＳＴＹＬＥ』（柴田書店）

『パリのカフェごはん　パリジェンヌが恋する人気店の秘密レシピ』荒井好子（マイナビ出版）

『最高においしいパンの食べ方』菅井悟郎（産業編集センター）

引用文献

『辻征夫詩集』谷川俊太郎・編（岩波文庫）

本文１５６頁（引用元：１４２頁・１～６行目）　本文２０２頁（引用元：１５２頁・16行目～１５３頁・１行目　13頁・５～７行目）　本文２０３頁（引用元：87頁・８行目～88頁・４行目）

本文２９７頁（引用元：31頁・１行目～32頁・１行目）

『古典落語（上）』興津要・編（講談社文庫）

本文61頁（引用元：59頁・８～10行目）　本文62頁（引用元：66頁・２～４行目）　本文63頁（引用元：73頁・17～18行目）　本文64頁（引用元：78頁・10行目　78頁・12行目　79頁・１～２行目　81頁・１～４行目　81頁・５行目）　本文65頁（引用元：81頁・15行目～82頁・５行目）

『脳の右側で描け』ベティ・エドワード／北村孝一・訳（マール社）

本文１１９～１２０頁（引用元：はじめに　１～４行目）　本文１２５～１２６頁（引用元：47

頁・16～21行目　47頁24行目～48頁・5行目）本文126頁（引用元：48頁・8～16行目）本文127～128頁（引用元：48頁・26行目～49頁・2行目）本文128頁（引用元：49頁・17行目）

『小さなバイキング（少年少女新しい世界の文学1）』ルーネル・ヨンソン／大塚勇三・訳（学習研究社）

本文183頁（引用元：16頁・2～4行目）

『エルマーのぼうけん』ルース・スタイルス・ガネット・作　ルース・クリスマン・ガネット・絵／渡辺茂男・訳（福音館書店）

本文184頁（引用元：24頁・10～11行目　25頁・3～4行目）

『サンタクロースの部屋　子どもと本をめぐって』松岡享子（こぐま社）

本文204頁（引用元：4頁・7～9行目）

『これでおあいこ』ウディ・アレン／伊藤典夫　浅倉久志・訳（河出文庫）

本文209頁（引用元：30頁・1～2行目）本文209～210頁（引用元：31頁・12～17行目　32頁・1～2行目　5行目）本文211頁（引用元：33頁・1行目　2～3行目　34頁・12～14行目）本文212頁（引用元：204頁・6行目　205頁・14～15行目）

『台所のおと』幸田文（講談社文庫）

本文264～265頁（引用元：11頁・1～5行目）本文266頁（引用元：17頁・4～5行目　19頁・2～6行目）本文267～268頁（引用元：31頁・12～16行目）

本書の執筆にあたり、東京都文京区千駄木〈ブックス＆カフェ　ブーザンゴ〉店主・羽毛田顕吾さんにお話をうかがい、おおいに参考にさせていただきました。御礼を申し上げます。

本作品はだいわ文庫のための書き下ろしです。
なお、本作品はフィクションであり、登場する人物・団体は実在の個人および団体等とは一切関係ありません。

里見 蘭（さとみ・らん）
一九六九年東京生まれ。早稲田大学卒。二〇〇四年『獣のごとくひそやかに』で小説家デビュー。二〇〇八年『彼女の知らない彼女』で第二十回日本ファンタジーノベル大賞を受賞。
著書には『ミリオンセラーガール』『さよなら、ベイビー』『君が描く空』『ギャラリスト』『古書カフェすみれ屋と本のソムリエ』、「大神兄弟探偵社」シリーズなど。『DOLL STAR 言霊使い異本』などの漫画原作も手掛けている。
ゲラ読みとプロット作りは近所のカフェをはしごして行う。

だいわ文庫

古書《こしょ》カフェすみれ屋《や》と悩《なや》める書店員《しょてんいん》

著者 里見《さとみ》 蘭《らん》

二〇一七年三月一五日第一刷発行
二〇一七年四月五日第二刷発行

発行者 佐藤 靖
発行所 大和《だいわ》書房
東京都文京区関口一-三三-四 〒一一二-〇〇一四
電話 〇三-三二〇三-四五一一

フォーマットデザイン 鈴木成一デザイン室
本文デザイン 松 昭教（bookwall）
本文印刷 シナノ
カバー印刷 山一印刷
製本 小泉製本

ISBN978-4-479-30644-3
乱丁本・落丁本はお取り替えいたします。
http://www.daiwashobo.co.jp